Alegria

정령의 펜던트

발렌 판타지 장편소설

ORIGINAL FANTASY STORY & ADVENTURE

★
dream
books
드림북스

정령의 펜던트 25 땅의 정령왕, 세임

초판 1쇄 인쇄 2022년 10월 7일
초판 1쇄 발행 2022년 10월 31일

지은이 발렌
발행인 오광백
편집 편집부
일러스트 보살
표지 · 본문 디자인 오정인
제작 조하늬

펴낸 곳 (주)삼양출판사 · 드림북스
주소 서울시 강북구 도봉로 173
대표 전화 02-980-2112 **팩스** 02-983-0660
편집부 전화 02-987-9393 **팩스** 02-980-2115
블로그 blog.naver.com/dreambookss
출판등록 1999년 3월 11일 제9-00046호

ISBN 979-11-283-7159-2 (04810) / 979-11-283-9513-0 (세트)

드림북스는 (주)삼양출판사의 판타지 · 무협 문학 브랜드입니다.

25
발렌 판타지 장편소설
ORIGINAL FANTASY STORY & ADVENTURE
◆ 땅의 정령왕, 세임 ◆
정령의 펜던트
dream books
드림북스

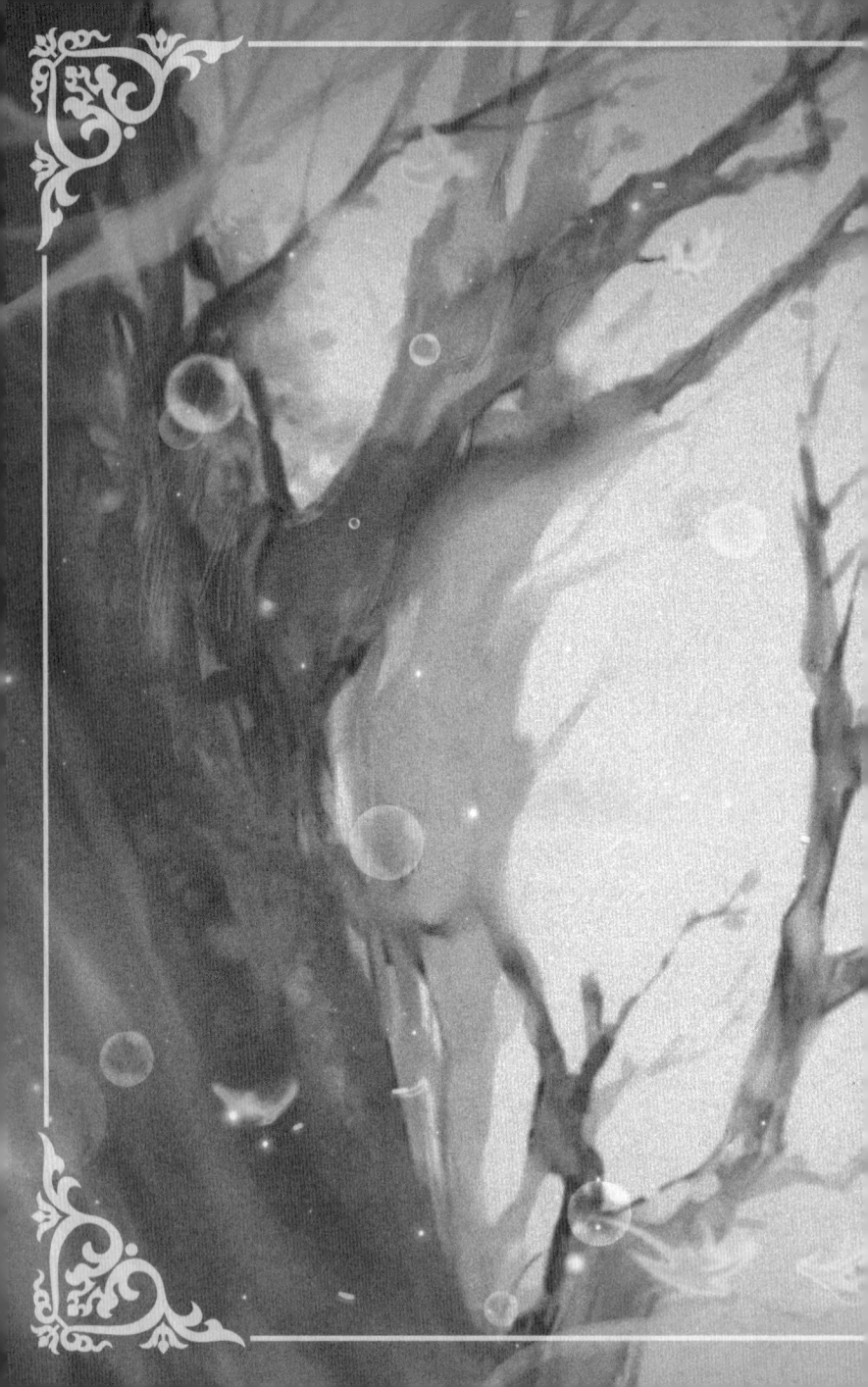

목차

---◆---

---◆---

Chapter 1.
초칸

1.

"그러니까······ 초칸을 찾으신다고요? 딸랑 이 인원으로?"

사내가 어이없다는 표정으로 저를 찾아온 일행을 다시 한번 쓱 훑었다. 겨우 열 명이었다. 그것도 성인으로 보이는 건 고작 셋, 나머지는 젖살이 채 빠지지도 않은 애송이들이었다.

"어디서 오셨소? 보아하니 귀하신 댁 자제분들 같은데, 그냥 가시오. 여긴 당신네가 감당할 수 있는 곳이 아니니!"

사내는 더는 상대하기 싫다는 양 출입구 쪽을 향해 손을 휘휘 내저었다.

"그놈의 황금이 뭐라고…… 쯧쯧."

"황금이라니요? 그게 무슨 말씀이십니까?"

"…그거 때문에 온 게 아니었소?"

"네. 뭔지 몰라도, 우린 그런 건 관심 없습니다."

바율의 대꾸에 사내의 미간이 우그러들었다. 그가 이번에는 수상하다는 눈빛으로 일행을 둘러보았다.

"그럼 여긴 왜 왔수? 황금 말고 얻을 게 뭐가 더 있다고."

"그걸 우리가 당신에게 밝혀야 할 의무라도 있습니까?"

퀸이었다. 처음부터 사내의 태도가 마음에 들지 않았기 때문인지, 그가 앞으로 나서며 냉랭히 쏘아붙였다. 현재 그는 후드를 깊게 눌러쓴 덕에 지느러미 귀가 가려져 언뜻 보기에 인어족임을 전혀 알 수 없었다.

"…초칸이 무슨 일을 하는 자들인지는 알고 그러는 게요?"

퀸이 뿜어내는 기세에 사내는 저도 모르게 움찔했지만, 이내 평정심을 되찾았다. 수십 년을 이 험한 바닥에서 구른 만큼, 나름 잔뼈가 굵은 그였다.

딱 봐도 이들은 초행이 분명했고, 들어가면 하루는커녕 반나절도 버티지 못할 것이다. 아무리 돈을 많이 준다고 해도 함부로 초칸을 소개할 수는 없었다.

"설마 그것도 모르고 중개인인 당신을 찾아왔겠습니까?"

초칸은 망각의 지대에서 태어나고 자란 이들을 가리키는 말이었다.

인간의 생명력은 매우 끈질겨서, 대륙에서 가장 위험하다는 곳에서도 살아가고 있었다. 그들이 밥벌이를 하는 방법은 망각의 지대를 탐험하기 위해 몰려드는 모험가들에게 길을 안내하는 것이었다.

사내는 그런 초칸과 의뢰인을 연결해 주는 중개인이었다.

"초칸은 돈이 있다고 무조건 고용할 수 있는 이들이 아니오. 그들도 상대를 봐 가면서……!"

휘익.

탁.

천 주머니 하나가 공중을 지나 정확히 사내의 손아귀에 뚝 떨어졌다. 고작 주먹만 한 크기였지만, 겉보기와 달리 느껴지는 무게감은 상당했다.

"선금이오."

여태 잠자코 있던 이언이 손가락을 두 개 펼쳤다.

"초칸을 데려오면 잔금으로 두 배를 지불하겠소."

사내의 두 눈에 욕망이 지펴졌다. 멋모르는 이들에게 초칸을 함부로 소개할 수 없다느니 하는 생각은 이미 저편으로 사라졌다. 주머니를 열어 금액을 확인해 보지는 않았으나, 그의 감이 이 건수는 잡아야 한다고 말하고 있었다.

돈 많은 호구가 걸렸구나!

"크흠. 이렇게까지 나온다니 어쩔 수 없군. 난 분명히 경고했소. 나선다는 초칸이 있을지 모르겠다만, 일단은 알았소이다. 저기 건너편 식당에서 요기나 하며 기다려 보시오."

"우리가 만족할 만한 능력을 갖춘 자이어야 할 거요."

이언은 부러 살기를 짙게 흩뿌리며 나지막이 경고했다. 신분을 숨기고자 만월 기사단임을 추측할 만한 표식은 모두 두고 왔지만, 그렇다고 실력까지 내려놓은 것은 아니었다.

별안간 전신을 옥죄는 예리한 기운에 사내가 감전이라도 된 듯 몸을 부르르 떨었다. 마치 보이지 않는 송곳에 온몸이 찔린 것처럼 저릿저릿한 통증마저 느껴졌다.

뒤돌아 나가는 이언을 바라보는 사내의 눈에 경악이 어렸다. 시선만으로 이런 충격을 줄 수 있는 이는 없었다. 초칸 중개를 업으로 하는 동안 사납고 포악한 이들을 많이 만나 봤지만, 개중 누구도 이 정도 위협감을 주지는 못했다.

꿀꺽.

겁에 질려 잠시 멍하니 굳어 있던 사내가 어느 순간 퍼뜩 정신을 차리곤 바쁘게 어디론가 움직였다.

2.

"여긴가?"

"식당이 마을 규모에 비해 제법 크네."

"그럴 수밖에 없겠지. 마지막 만찬을 즐겨야 하니까."

"마지막 만찬?"

무슨 의미냐는 듯한 에이단의 물음에 라나사가 답했다.

"망각의 지대에 들어갔다가 살아 돌아온 사람은 극히 소수야. 그들 대다수는 반미치광이가 되거나, 밀림의 입구를 지키는 파수꾼이 된다고들 하지. 여긴 그런 망각의 지대에 입성하기 전에 반드시 들르는 곳이고."

일행이 발을 딛고 서 있는 장소는 거대한 밀림 지대와 경계를 이루는 곳. 그중에서도 모험가와 탐험가들이 일종의 베이스캠프로 삼는 마을 중 하나였다.

알려지지 않은 동식물이 가득한 위험천만한 땅으로 들어가기 위해선 준비해야 할 것들이 많았다.

좀 전에 일행이 구하려 했던 초칸을 비롯해 식량과 무기,

심지어 어떤 이들은 동행할 이마저 마을에서 찾기도 했다.

"뭔 말인지 바로 이해했음."

에이단이 주먹을 그러쥐며 덧붙였다.

"하지만 우리에겐 그냥 만찬이 될 거야. 안 그래?"

"당연하지."

"맛있으면 캐링스턴으로 돌아가기 전에 또 들러도 좋고."

주신과의 전쟁을 앞둔 이때, 겨우 망각의 지대 같은 곳에서 발목을 잡힐 순 없었다. 워낙에 악명이 높기에 일단 초칸의 도움을 받기로 결정했지만, 얼마나 도움이 되는지는 미지수였다.

"어서 옵쇼!"

식당 안은 꽤 많은 손님으로 북적이고 있었다. 일행이 안으로 들어서자 모든 시선이 일제히 쏠렸다. 조금 전 중개인이 그랬듯 가소롭다는 기색이 대부분이었다.

"이젠 하다 하다 저런 떨거지들까지 몰려드는구먼."

"용기가 가상하다고 해야 할지, 멍청하다고 해야 할지……."

"쟤들 부모가 누군지 참 불쌍하네그려."

눈길은 금세 돌아간 반면, 여기저기서 혀를 차며 떠드는 소리가 들려왔다. 그에 일라이가 울컥해서 한마디 하려는 걸 바율이 고개를 저으며 말렸다.

"라이, 저런 말 신경 쓰지 않기로 했잖아. 그냥 식사나 하자."

"그래, 괜히 소란을 피웠다가 정체가 발각되면 그게 더 골치 아파."

"맞아. 우린 지금 아카데미에서 축제를 즐기는 중이라고."

정식 수업이 아니라고는 하나, 축제 불참 역시 결석에 포함되었다. 그건 학점에 분명한 마이너스였고, 잘못하면 유급의 사유가 될 수도 있었다.

그렇다고 뻔뻔하게 축제에 참석했노라 거짓말을 하자니, 바율과 녀석의 친구들 모두 원체 눈에 띄는 존재들이었다.

해서 생각해 낸 묘수가 라예가르가 간간이 마법을 이용해 그들의 모습을 연출하는 것이었다. 가령 단체로 어딘가를 향해 이동한다든가, 무언가를 구경한다든가 하는 방식으로 그들의 알리바이(?)를 만든 셈이다.

그러니 계획을 완벽하게 성공시키기 위해서라도 문제를 일으켜서는 절대 안 되었다.

물론 이런 먼 곳에서 벌어지는 일이 아카데미 측에 즉각적으로 알려지진 않겠지만, 세상엔 언제나 만에 하나라는 게 있었다.

그래서 일부러 옷차림도 최대한 평범한 것으로 골라 입었다. 하지만 워낙에 귀티가 나는 용모의 소유자들이다 보니 그다지 큰 효과를 보지 못하고 있었다.

마주치는 이들마다 하나같이 그들을 부유한 가문의 철없는 자식들인 것처럼 여겨 댔다. 어른으로 보이는 이라고는 이언과 데스, 그리고 마황밖에 없기에 더 그런 것 같기도 했다.

"이렇게 젊은 분들은 처음 뵙네요. 뭐로 준비해 드릴까요?"

가까운 곳에 자리를 잡고 앉자 종업원이 다가와 물었다. 그는 만면에 친절한 미소를 짓고 있었지만, 눈가에 핀 호기심까지 완전히 지우진 못했다.

"전부 가져와."

"네?"

"주방에 있는 재료로 만들 수 있는 건 다 만들어서 내 오라고."

"…다, 말씀입니까?"

"귓구멍이 막혔나? 왜 자꾸 똑같은 말을 하게 하지?"

데스가 한숨을 푹 내쉬자 그의 긴 앞머리가 휘날리며 가려졌던 검은 눈이 드러났다. 아주 잠깐이었지만 그 안에 감추어진 핏빛 살기와 마주치자 종업원은 순간 두 다리에서 힘이 쭉 빠졌다.

쾅당, 하는 소리와 함께 그가 볼썽사납게 넘어졌다. 그 탓에 일행을 향해 또다시 무수한 시선이 쏟아졌다. 식당 출입구에 걸린 발이 들리며 새로운 손님이 들어선 것은 그때였다.

2미터가 족히 넘어 보이는 건장한 체구에 대충 걸친 조끼 밖으로 성난 근육들이 울퉁불퉁 솟아 있었다. 그 위를 덮은 건 수를 셀 수조차 없을 만큼 많은 종류의 상흔이었다. 사내의 등에는 그에게 꼭 어울릴 법한 대검이 매달려 있었다.

실내가 순식간에 조용해졌다. 거구의 사내를 필두로 그와 비슷하게 생긴 무리가 연이어 안으로 들어왔다.

"오, 오셨어요!"

데스 때문에 자빠졌던 종업원이 후다닥 일어서며 새로운 무리에게 다가가 서둘러 인사했다. 뉘앙스가 처음 방문하는 손님은 아닌 모양이었다.

"남은 자리가 이것뿐인가."

"네, 네. 요새 아무래도 시국이 시국이다 보니……."

"뭐, 없으면 만들어야지."

송구하다는 듯 고개를 조아리는 종업원을 옆으로 밀치며 사내가 성큼성큼 걸어와 바율 일행 앞에 섰다. 바로 코앞에서 앉은 채로 올려다봐선지 훨씬 더 거대하게 느껴졌다.

"못 보던 꼬맹이들이네. 오늘 왔나?"

사내가 씨익 웃자 누런 이가 고스란히 드러났다. 언제 씻었는지 모를 퀴퀴한 악취마저 풍겼다. 그에 바율과 친구들이 인상을 찌푸리자 사내의 얼굴에서 미소가 걷혔다.

"어른이 말씀하시는데 그런 표정을 지으면 쓰나."

"…무슨 용무입니까?"

바율은 숨을 참은 채 겨우 물었다. 무슨 볼일인지 몰라도 빨리 끝내고 사내를 돌려보내야겠단 생각뿐이었다.

"내가 배가 고프거든."

"…그런데요?"

"보다시피 앉을 자리가 없네?"

"…그게 뭐요?"

그러니까 만만한 너희들이 자리를 좀 비켜라. 이 뜻이었지만 불행히도 바율은 냄새에 정신이 팔려 제대로 이해하기 힘든 상황이었다. 바람을 일으켜서 악취를 날려 버려야 하나, 그런 고민만 하고 있었다.

"생긴 건 착하고 순해 보이는데, 좋게 말하니까 못 알아듣네?"

거구의 사내가 두 손으로 탁자를 집으며 허리를 숙였다. 그러곤 바율을 시작으로 일행의 얼굴을 하나하나 눈에 담으며 뇌까렸다.

"꺼지라는 소리잖아. 어른이 왔으면 알아서 양보도 좀 하고 그래야지. 응?"

"……."

"이런, 내가 너무 놀라게 했나? 이렇게까지 쫄 필요는 없었는데."

아무도 대꾸를 하지 않자 사내는 자기 편할 대로 해석했다.

그러나 그의 말이 끝나기가 무섭게 다들 거친 숨을 내쉬며 한마디씩 내뱉었다.

"후아! 더는 못 참겠다!"

"웩! 나 토할 것 같아!"

"머리가 아플 지경이군."

"대체 얼마나 안 씻은 거야?"

"식욕이 사라졌어."

거구의 사내가 천천히 몸을 일으켰다. 그제야 상황을 파악했는지 그의 눈에 서서히 노기가 어리고 있었다.

"겁대가리를 상실한 놈들이군."

사내의 주먹이 예고도 없이 가장 근처에 있던 바율을 겨냥해 날아갔다. 모름지기 폭력이란 눈앞에서 보여 줘야 더 큰 공포심을 불러오기 마련이었다. 사내에게 바율은 본보기가 될 대상이었다.

"……!"

하지만 그가 바라던 바는 벌어지지 않았다.

"뭐, 뭐야…… 이거?"

갑자기 몸이 제 마음대로 움직이질 않았다. 주먹을 날리던 그 자세 그대로 전신이 마치 석상처럼 굳었다. 그가 할 수 있는 거라곤 눈을 깜박이고 말하는 게 전부였다.

쑤아아앙!

그 순간, 별안간 실내에 강풍이 몰아쳤다.

"으아악!"

그 바람은 놀랍게도 거구의 사내와 그의 무리를 한꺼번에 식당 밖으로 날려 버렸다. 다른 손님은 물론, 작은 집기들조차 전혀 영향을 받지 않았다. 코를 찌르던 악취도 사라진 건 당연한 수순이었다.

"휴우, 이제 좀 살겠네."

"내 평생 이런 고약한 냄새는 처음 맡아 봐."

"바율, 고마워."

제게 고맙다고 말하는 친구들에게 미소로 응답하며 바율이 종업원에게 재차 주문했다.

"저희 음식, 가능한 한 서둘러 주시겠어요? 일행 중에 배고픈 걸 잘 참지 못하는 사람이 있어서요. 부탁드립니다."

"…예, 예! 조, 조금만! 조금만 기다리십시오!"

거구의 사내를 대할 때보다 더 겁에 질린 얼굴로 종업원이 부리나케 주방으로 달려갔다.

"눈에 띄는 행동은 자제해야 되는데……."

뒤늦은 후회가 살짝 들었지만, 좀 전의 냄새를 다시금 떠올리자 바율은 절로 몸서리가 쳐졌다. 그것만큼은 도저히 참기 힘들었다.

3.

바율의 활약 덕분인지 일행의 테이블은 금세 음식들로 가득 찼다. 기름기가 잘잘 흐르는 고기뿐 아니라, 파릇파릇한 샐러드와 버터의 풍미가 느껴지는 스콘 등 갖가지 맛있어 보이는 요리들이 줄지어 나왔다.

"오, 괜찮은데?"

"향신료가 시큼한 게 독특하고 맛있다."

"이런 외진 마을의 요리사 실력이 이 정도일 줄이야."

마을에 도착한 이후로 여태 아무것도 먹지 못한 터라 다들 배가 고픈 상태였다. 아무리 시장이 반찬이라지만, 그걸 차치하고서도 식당의 음식 맛은 꽤 훌륭한 편이었다.

"데스, 이제 기분 좀 나아졌어요?"

기실 바율은 캐링스턴에서부터 데스의 눈치를 살피는 중이었다. 자이아를 벗어나자마자 이곳으로 끌려온 탓에 그의 입이 댓 발이나 나와 있었기 때문이다. 딴에는 이제 리타의 음식을 마음껏 먹을 수 있을 거란 기대감으로 잔뜩 부풀었을 텐데, 그 희망이 와장창 깨졌으니 충분히 화가 나고도 남을 법했다.

"너 같으면 쉽게 풀리겠어?"

비딱한 답변과는 별개로, 그의 옆엔 이미 빈 접시가 수북하게 쌓여 있었다. 그건 데스의 까다로운 입맛에도 제법 먹을 만하다는 뜻이었다.

일단 배를 두둑이 채우고 나면 언짢은 감정 역시 어느 정도는 가라앉으리라.

"이거 더 드세요."

바율은 제 몫으로 나온 닭 다리를 인심 좋게 데스 앞으로 내놓았다. 비단 그의 기분 전환을 위해서일 뿐 아니라, 그간 자이아에서 저 대신 리타를 돌봐 준 것에 대한 고마움의 표시이기도 했다.

"잠깐, 멈추시지?"

닭 다리가 막 데스의 접시로 옮겨지려는 찰나였다. 마황이 손을 뻗어 길목을 가로막았다.

"뭐야?"

고기에 내심 반색하던 데스의 표정이 대번에 싸늘하게 변했다.

"네놈이 잊은 것 같아서 말해 주는데, 마황인 내가 친히 너를 대신해서 귀찮은 일을 정리하고 왔거든?"

"그래서?"

"그럼 고기 한 점 정도는 양보하는 게 아름다운 미덕 아닐까?"

"개소리를 참 길게도 하네."

데스가 실소를 터뜨리더니 마황의 팔을 툭 치며 닭 다리를 제 앞으로 가져왔다. 그러곤 보란 듯이 그것을 한입에 넣고 뼈째로 우걱우걱 씹어 삼켰다.

데스와 살면서 실로 많이 보아 온 모습이지만 오늘따라 유독 괴기스러운 느낌이 드는 이유는 무엇일까.

꿀떡.

마지막 뼛조각을 넘기는 그의 목울대가 출렁이는 장면을 바율뿐 아니라 친구들까지 질렸다는 듯 쳐다보았다. 그걸 아는지 모르는지 데스가 대뜸 말했다.

"아무래도 신탁을 내려야겠어."

"…뜬금없이 그게 무슨 말씀이세요? 신탁이라니요? 그거라면 더는 하지 않겠다고 저랑 약속하셨잖아요."

"그땐 너한테 협박당해서 하는 수 없이 그랬던 거고."

"제가 협박을 했다고요?"

"그래. 네가 리타한테 이른다고 했잖아."

"…그건 지금도 가능한데요."

데스의 행동을 말릴 수만 있다면 그런 협박은 언제든 백 번도 더 할 수 있었다.

"그러시든가. 이젠 나도 이판사판이야."

"내 귀가 잘못됐나? 이 자식이 리타에게 고자질해도 상관없다고 말한 거 같은데, 내가 똑바로 들은 게 맞아?"

"네."

"그런 것 같은데요."

마황에 더불어 친구들도 덩달아 놀랐다. 오죽하면 식사도 멈춘 채 눈만 슴벅거릴 정도였다. 말없이 식사에 몰두하던 이언 역시 자신의 청력을 의심하며 인상을 가볍게 찌푸렸다.

왜 아니겠는가.

리타에 대한 데스의 맹목적인 순정은 늘 그들을 경악시키고도 종종 그 이상을 보여 주었다. 이제껏 리타가 거론되면 무조건 꼬리를 내리던 그였다. 한데 갑자기 어째서 이런 반항심을 보이는지 의아했다.

"어차피 요즘엔 요리도 안 해. 그놈의 성녀가 된 후로는 주방에 아예 들어가지를 않는다고! 내가 그 망할 신전을 부숴 버리고 싶은 걸 얼마나 참은 줄 알아?"

데스가 그간 감춰 왔던 울분을 토하며 두 눈을 희번덕거렸다.

"……."

일행은 잠시 단체로 말문이 막혔다. 그 '망할 신전'의 주인이 본인이라는 걸 알고 하는 말일까?

아무리 리타의 손맛에 길들여졌기로서니, 이건 정말이지 도가 지나쳤다.

"그러면 설마……."

그때 불길한 추측이 바율을 강하게 사로잡았다. 아니, 거의 확신에 가까웠다.

"데스, 그 신탁이라는 게…… 혹시 리타에게 성녀를 그만두라는, 뭐 그런 말을 하려는 건가요?"

"내가 못할 것 같아?"

"아니요. 하고도 남죠."

턱을 들고 당당히 대꾸하는 데스를 마주 보며 바율은 저도 모르게 관자놀이를 꾹꾹 눌렀다.

명백한 자신의 실수였다.

그동안 수없이 보고 또 봤으면서도, 데스의 금단 증상이 이렇게 심각할 거라곤 미처 예상하지 못했다. 그로 인해 이런 식으로 막 나갈 거라고도 짐작하지 못했고.

"진짜 이판사판이네."

"언제나 상상을 뛰어넘는구나."

"어떤 의미로는 대단하다 싶어."

"제대로 미친 거지."

친구들은 고개를 저으며 저마다 현 상황에 대한 소감을 털어놓았다. 더는 놀랄 만한 사건이 없을 줄 알았건만, 그건 그들의 착각이었다.

"우선 알겠습니다. 제가 해결해 볼 테니 일단 신탁은 보류하시죠."

바율은 급한 대로 회유책에 나섰다.

"보류? 네가 어떻게 해결할 건데? 아니, 그전에 무슨 수로 리타 마음을 돌리려고? 환자를 한 명이라도 더 낫게 하겠다고 녀석이 요즘 얼마나 열심인 줄 알아?"

"리타가 원래 책임감이 강해서 그래요. 그래도 캐링스턴엔 상대적으로 아픈 사람이 적으니까, 자이아에서보단 여유로울 겁니다."

"이미 소문 다 났어. 신이 내린 성녀가 강림했다며 전국의 환자들이 죄다 신전으로 몰려들고 있다고. 그건 알고 하는 말이야?"

"당연히 알고는 있죠. 근데, 거기에는 데스의 책임도 크다는 거 인정하시죠?"

"내 책임?"

"네. 리타를 그렇게 만든 게 데스잖아요."

바율이 그렇지 않으냐는 듯 주위를 빙 둘러보자 다들 약속이라도 한 양 힘차게 고개를 주억였다. 애초에 데스의 무한한 애정이 아니었다면 일어나지도 않았을 일이었다. 그러니까 어찌 보면 결국 금번 사태는 데스가 자초한 셈이었다.

"……."

그의 이마에 핏줄이 돋아났다.

열은 받는데, 틀린 소리가 아니어서 마땅히 대꾸할 말이 없었기 때문이다. 사실 근래에 데스가 가장 크게 후회하는 일이기도 했다.

"근데 너는 뭘 안다고 같이 고개를 끄덕여?"

데스의 시야에 먹잇감이 들어온 것은 그때였다. 그가 테이블 끄트머리에 앉은 알레그리아를 노려보며 불쾌한 기색을 드러냈다.

"난 그냥 느낀 대로 감정을 표현했을 뿐입니다. 평범한 인간이었던 리타 양에게 엄청난 치유 능력이 생긴 게 당신 때문인 건 사실이니까요."

"평범?"

데스의 표정이 기괴하게 일그러졌다.

"누가 그래? 리타가 평범하다고? 그 녀석이 요리를 얼마
나 잘하는지 네가 알아? 직접 만든 음식 한번 먹어 보지도
못했으면서 어디서 그따위 소릴 지껄여? 한 번만 더 그런
식으로 말해 봐. 그땐 동맹이고 뭐고, 모가지를 확 비틀어
버릴 테니까."

데스는 마치 대단한 모욕을 듣기라도 한 양 알레그리아
를 향해 으르렁거렸다. 그 내용은 다소 어이가 없었지만,
왠지 끼어들었다간 큰 소란으로 이어질 것 같아 다들 입을
다무는 쪽에 암묵적으로 합의했다.

"지난번엔 완전히 얼이 나가 있더니만, 그새 정신을 좀
차렸나 보군."

주신 위에 또 다른 신이 있을지도 모를 거라는 라예가르
의 가설에 누구보다 놀란 인물이 바로 알레그리아였다. 당
시 그녀의 태도를 마황이 비꼬자 그녀가 순순히 인정했다.

"맞아요. 그때 내가 받은 충격이 어느 정도일지 그대들
은 아마 꿈에도 모를 겁니다."

"그래서 소감은?"

"난…… 솔직히 아직도 잘 모르겠습니다. 천계로 돌아가
서 자세히 알아보고 싶어도, 지금은 알다시피 그럴 처지가
아니니까요."

아버지의 시험대에 올라 보기 좋게 당하고 말았다. 그런 상황에 또 다른 신에 대한 조사에 들어간다면 그때야말로 주신인 아버지의 진노를 피하기 어려울 것이다.

해서 알레그리아는 일단 지금은 자신이 해야만 하는 일에 집중하기로 결정했다.

"말이 나와서 말인데, 신물이 여기에 있다는 건 확실해?"

데스는 영 꺼림칙했다. 하나도 아니고 남은 두 개의 태고의 신물이 몽땅 망각의 지대에 있다는 게 어딘지 작위적인 느낌을 지울 수 없었다. 더욱이 그 정보를 준 자가 씹어 먹어도 시원찮을 천족이기에 무척이나 찜찜했다.

"물론이에요. 두 개 모두 이곳에서 얻을 수 있을 겁니다."

"거짓말이면 너도 네 머저리 같은 오라비처럼 될 거라는 거 명심해."

데스의 검은 눈동자가 일순 붉은빛을 뿜어냈다. 그 분명한 경고에 알레그리아가 침묵할 때, 식당에 다시금 손님이 들어왔다.

소년에서 청년으로 넘어가는 과도기쯤에 선 인물이었다. 피부는 희다 못해 창백한 빛깔이었고, 아무렇게나 풀어헤친 까만 머리칼은 어깨를 지나 등허리까지 내려왔다.

낡은 셔츠와 바지는 본래의 색을 알 수 없을 정도로 바래 있었으며, 등에 멘 화살통에는 그의 머리 색만큼이나 시커 먼 깃털이 뾰족하게 솟아 있었다.

장신의 키에 군더더기 없는 몸을 가진 그는 바율이 보기에도 상당한 미남이었다.

저 사람도 황금인지 뭔지를 찾으러 온 것일까?

일행은 어디 가고 혼자인 거지?

바율이 홀로 그런 생각을 하는데, 남자가 갑자기 일행을 보며 씩 미소를 지었다.

"응?"

그러곤 일말의 망설임도 없이 그들을 향해 걸어왔다.

"저자가 초칸인가?"

일행이 기다리는 건 망각의 지대로 자신들을 인도할 초 칸이었다. 범상치 않은 분위기를 풍기며 자신만만하게 다 가오는 남자의 모습에 그들은 자연스레 그가 초칸일 거라 짐작했다.

"당신들 맞지?"

외모와 달리 목소리가 매우 굵직했다. 다짜고짜 튀어나 온 반 토막 말씨에 일행이 가만히 쳐다만 보고 있자 그가 다시 물었다.

"콜맨 아저씨한테 초칸 구해 달라고 한 사람, 당신들 아니야?"

"…콜맨?"

"아저씨 이름을 모르는구나? 배 좀 나오고 코 밑에 수염이 이렇게 난 중개인 말이야."

"아."

남자의 설명에 그제야 누구를 말함인지 알아들었다. 예상대로 눈앞의 남자가 초칸이 맞았다.

"황금을 찾으러 온 거라면 제대로 왔어. 거길 눈 감고도 다닐 수 있는 사람이 바로 이 몸이거든."

가까이에서 본 남자의 눈은 꼭 짐승처럼 동공이 유난히 크고 까맸다. 그 모습에 바율은 저도 모르게 재스퍼가 생각났다. 그러나 그와 별개로 가벼운 말투와 거들먹거리는 모습을 보고 있자니 어쩐지 신뢰감이 뚝 떨어졌다.

"우린 황금을 찾으러 온 게 아닙니다. 중개인에게 제대로 듣고 온 거 맞습니까?"

"…황금 때문에 온 게 아니라고?"

"그래요."

"그럼 뭐 때문에 왔는데?"

중개인과 같은 물음이 그대로 돌아왔다. 그에 바율은 한숨을 내쉬며 알레그리아를 응시했다. 이곳에서 정확히 뭘 찾아야 하는지는 오로지 그녀만이 알고 있었다.

알레그리아의 입술이 천천히 열렸다.

"무하."

"……!"

남자의 어깨가 흠칫 떨린 것은 거의 동시였다. 껄렁하던 태도는 온데간데없이 사라지고 잔뜩 언 기색이었다.

"무하가 뭐야? 그게 신물 이름이야?"

고개를 갸웃하며 묻는 에이단의 질문에 답한 건 초칸이었다. 그가 떨리는 음색으로 나지막하게 속삭였다.

"무하는…… 밀림의 주인이야. 망각의 지대를 다스리는 짐승들의 왕이라고. 놈을 잡으려 했다간 되레 너희들이 전부 죽게 될 거야."

"놈?"

"짐승?"

듣다 보니 이상했다.

"설마 신물이 살아 움직이는 생명체인 겁니까?"

"나도 직접 본 적은 없어요."

알레그리아는 정확한 긍정도 부정도 하지 않았다. 하지만 이 상황에서 그녀의 그러한 대답은 초칸의 말이 사실이라 인정하는 것이나 다름없었다.

"이번엔 쉽지 않겠는데."

에이단의 중얼거림에 친구들의 시선이 모였다.

태고의 신물이 생명체란 예상치 못한 소리에 다소 놀라기는 했지만, 그와 동시에 떠오른 건 테이머인 에이단이었다. 동물과 교감하며 소통하는 녀석이야말로 무하라는 놈과 어울릴 것 같았기 때문이다.

한데 모두가 그리 여겼던 당사자가 쉽지 않겠다니?

"야, 네가 지금 그렇게 말하면 안 되지."

"맞아. 안 그래도 이런 상황에 우리가 믿을 건 너밖에 없는데."

"헐, 나를 왜 믿어? 신물이 괜히 신물이겠냐? 애초에 내 능력으로는 턱도 없을걸!"

에이단은 말 그대로 테이머이기에 더 잘 알 수밖에 없었다.

하물며 망각의 지대를 다스리는 짐승들의 왕이라고 했다. 그런 엄청난 존재를 자신이 제어할 수 있을 리 만무하다.

"너답지 않게 웬 약한 척이야?"

"그러게. 뭐 잘못 먹었냐? 실수로 고기라도 먹었어?"

늘 자신만만하던 녀석이 유약한 티를 내자 일라이가 농담 섞인 핀잔을 놓았다. 에이단이 채식주의자라는 걸 잘 알기에 던진 소리였다.

"약한 척이 아니라, 나 스스로를 객관적으로 파악하고 내린 결론이거든? 예전에 바르가 한 말 생각 안 나? 동물은 원래 자기보다 약한 상대에겐 절대로 복종하지 않는댔어. 무하는 어마어마하게 셀 게 뻔한데, 내 말을 듣겠냐고."

"지금 그 말, 네 정수리에서 자고 있는 잉그리드가 들으면 서운하겠는데?"

"뭐?"

"잉그리드는 너보다 약해서 네 말을 듣는 거라고 생각해?"

로건의 허를 찌르는 질문에 에이단은 순간 멍청한 표정을 짓고 말았다.

앞서 한 차례 각성을 한 잉그리드는 절대로 약하지 않다.

평소엔 한없이 온순하기만 한 녀석이지만, 화가 나면 에이단도 깜짝 놀랄 만큼 잔인한 본성을 드러내기도 했다. 수십 마리의 몬스터를 일시에 때려눕힌 전적까지 있질 않던가.

고막이 찢길 듯한 괴성을 내지르며 몬스터를 도륙하던 장면이 절로 머릿속을 스치고 지나갔다.

"물론 잉그리드는 탈피하기 전부터 네가 애정을 주고 키운 녀석이긴 해. 하지만 너한테 특별한 능력이 없었다면 어땠을까? 그래도 녀석이 널 떠나지 않고 곁에 남았을까?"

"무, 무슨 소리야, 그게! 잉그리드가 나를 왜 떠나? 그럴 일은 절대 없어!"

잉그리드가 제게 온 이후로 녀석이 없는 삶은 상상도 해 본 적 없었다. 에이단이 버럭 고함을 지르자 로건이 진정하라는 듯 손을 저으며 이어 말했다.

"어디까지나 말이 그렇다는 거야. 에이단 너는 너 자신이 생각하는 것보다 훨씬 뛰어난 테이머일 수도 있다는 의미이기도 하고."

"나도 로건 말에 동의해. 변신수 새끼까지 길들였는데, 신물이라고 뭐 다르겠어?"

"게다가 그동안 꾸준히 훈련도 해 왔잖아."

바르에게 테이머가 키워야 할 건 육체적인 힘보다 정신력이란 말을 듣고 나서부터 에이단은 한시도 수련을 게을리하지 않았다.

테이머는 강한 사념으로 동물의 의지를 지배하고 통제하는 자들이었다. 고도의 집중력을 요하는 일이기에 녀석은 하루도 빼먹지 않고 명상 훈련을 하는 데 공을 들였다.

그걸 옆에서 쭉 봐 온 친구들은 분명 에이단이라면 할 수 있을 거라 믿었다.

"에이단, 너도 좀 네 잠재력을 믿어 봐."

"아까 말했지? 우리가 지금 기댈 수 있는 건 그것뿐이라고."

살아 움직이는 생명체인 신물이라면 당연히 힘 따위로 강제로 취할 수 없을 것이다. 어떻게든 잘 구슬려서 그들의 편으로 만들어야만 했다. 그러려면 에이단의 능력은 필수 불가결한 요소였다.

"알레그리아."

바율이 비스듬히 고개를 기울이며 그녀를 직시했다.

"당신은 이런 상황이 올 걸 미리 알고 있었죠? 그래서 그때 에이단을 그런 눈으로 바라봤던 거였어."

알레그리아를 통해 태고의 신물의 위치를 알게 되었던 그 날, 일행은 누가 갈지 바로 구성원을 짰다. 란데르트 공작은 국정 업무가 밀려 빠질 수밖에 없었고, 라예가르 또한 신계에 얽힌 비밀과 축제의 알리바이를 위해 남아야만 했다.

당시 알레그리아는 별말 없이 지켜보기만 했지만, 그녀의 시선이 내내 에이단에게 머물렀다는 사실을 바율은 기억하고 있었다.

"내가 꼭 말해야 할 필요가 있었나요? 그대들은 늘 이렇게 같이 움직이는데."

"거짓을 말하는 것만이 배신이라고 생각합니까?"

"……?"

바율의 음성이 경고성을 띠었다.

"혼자만 아는 중요 사항을 부러 말하지 않는 것. 그 역시 신뢰를 떨어뜨리는 행위입니다."

"나는……."

"다시 말하지만."

알레그리아의 말을 자르며 바율이 단호하게 뱉었다.

"자꾸 뭘 감추지 마세요. 우리가 당신을 믿길 원하면 좀 더 성의를 보이란 말입니다. 그래야만 다들 당신을 진짜 동료로 인정할 거예요."

어쩔 수 없이 여기까지 함께 왔지만, 알레그리아는 여전히 홀로 겉돌고 있었다. 돌아가는 정황이 그럴 수밖에 없게 되었다고는 하나, 그녀의 태도도 조금은 바뀔 필요가 있었다.

정말로 일행과 한배를 탄 거라면, 그들이 신뢰할 수 있을 만한 모습을 보여 줘야만 했다. 그녀가 천족이었기에 더더욱.

"훗, 충고 고맙군요."

바율은 몰랐겠지만, 기실 알레그리아는 현재 최선을 다하는 중이었다. 이미 말했듯 의도적으로 숨긴 것도 정말 아니었다.

"나는 그저…… 서툰 거라고 하면 답이 될까요?"

알레그리아의 아름다운 얼굴에 난색이 어렸다. 그녀에게선 처음 보는 표정이었다.

"아버지 밑에서 자라는 동안 늘 속내를 감추며 살아온 게, 아무래도 버릇이 된 모양입니다. 고쳐 보도록 하죠. 나 또한 신뢰받지 못하는 동료가 되고 싶지는 않으니까."

주신인 아버지를 버리면서까지 택한 게 이들이었다. 허리를 꼿꼿이 세우는 알레그리아의 눈동자가 요요하게 반짝였다.

"그런 의미에서 말해 주자면, 또 다른 신물은 아직 이곳에 없습니다."

"…뭐?"

"신물이 없어?"

난데없는 그녀의 발언에 바율은 물론 친구들과 마황, 데스까지 눈이 부릅떠졌다. 식당 내부의 공기가 순식간에 싸늘해진 것은 말할 필요도 없었다.

"지금 뭐 하자는 건데?"

"우리랑 장난이라도 하자는 거야, 뭐야?"

두 마족 형제의 기세는 당장 그녀를 산산조각 내고도 남을 만큼 형형했다.

"난 분명 '아직'이라고 했습니다."

"아직?"

"곧 이곳으로 가져올 겁니다. 이 역시 일부러 숨긴 것은 아니에요. 그저 미리 알아서 좋을 게 없다고 여겼을 뿐입니다."

"가져온다니…… 누가 여기에 온다는 겁니까?"

"네가 알 만한 인물이면, 설마 천족이 신물을 직접 들고 오기라도 한다는 말이야?"

"그래요."

기함하는 일행과 달리, 알레그리아는 평온한 음색으로 고개를 끄덕였다.

바율은 일순 멍한 기분이 들었다. 무하를 얻은 뒤엔 방금 거론한 것이야말로 마지막 남은 태고의 신물이었다. 주신을 없앨 수 있는 신물 열두 개가 결국 모두 모이게 되는 것이다.

그런데 그 중요한 물건을 '주신의 아이'라는 천족이 가져온다?

과연 이게 괜찮은 상황일까?

아니, 애초에 그 천족이 정녕 신물을 가져온다고 믿어도 되는 걸까?

혼란한 와중에 일라이가 물었다.

"그래서. 그게 누군데?"

"쿠라주."

"쿠라주라면……."

"네, 이곳에선 용기의 신으로 불리지요. 그러면 반드시 약속을 지킬 겁니다."

믿었던 수하에게 배신당한 걸 그새 잊기라도 했는지, 알레그리아는 더없이 자신 있게 말했다.

"놈이 네 동생이라도 되나?"

"그건 아닙니다."

"하긴, 오라비란 자식도 형편없었지."

엘레오스와 그녀를 비교하면 도저히 남매로 보기 어려웠다. 그만큼 둘의 태도와 성격은 극과 극이었다.

"그럼 뭐야? 지금쯤 넌 천계에서 배신자로 제대로 낙인이 찍혔을 텐데, 쿠라주인지 뭔지가 굳이 위험을 감수하면서까지 그걸 왜 가져오겠어? 말이 되는 소릴 해야지. 무슨 연인 사이라도 되나?"

"……."

크루델리스는 그냥 비아냥거린 것이었다. 한데 알레그리아는 꼭 정곡을 찔린 것처럼 표정을 굳히며 말을 잇지 못했다.

"어라? 진짜야?"

"…그는 나와 같은 뜻을 품은, 몇 안 되는 천족 중 한 명이에요. 우리의 길이 옳다고 믿기에 도울 뿐입니다."

"구구절절 둘러대기는. 이제 보니 거짓말에는 영 소질이 없어 보이네. 이걸 믿을 수 있다고 해야 하나."

마황은 헛웃음을 터뜨리며 멈췄던 식사를 다시 시작했

다. 또 다른 천족이 온다는데도 전혀 신경 쓰지 않는 태도였다.

"연인이 있을 줄은 몰랐네."

"여기서 우리만 솔로인가 봐."

"우리만이라니?"

라나사의 말에 친구들의 눈이 동그래졌다. 마황은 전대물의 정령왕이 있으니 그렇다 치지만, 데스와 이언에게 짝이 있다는 얘긴 금시초문이었다.

"아빠한테 들었는데……."

라나사의 음성이 속삭이듯 작아졌다.

"누군지는 정확히 모르겠지만, 연애 중인 게 확실하시데. 사다드 경이랑 헤이즈 경이 보신 모양이야."

라나사가 아무리 낮춰 말해도 이언의 귀에는 다 들릴 게 분명했다. 그런데도 그는 별다른 반응 없이 식사에만 집중했다.

"반박을 안 하시는 걸 보니 사실인가 본데?"

"그럼 데스는? 데스는 누가 있는데?"

"넌 그걸 몰라서 묻니?"

라나사가 한심하다는 듯 눈꼬리를 내렸다.

"뭐, 연인이라고 하기엔 무리가 좀 있긴 해. 하지만 충분히 미쳐 있잖아? 누구 생각나는 사람 없어?"

"아……."

그제야 다들 단박에 알아차렸다. 사실 곰곰이 따져 생각하면 평범한 연인들과 특별히 다를 것도 없었다. 데스에게 무엇보다 중요한 건 리타였고, 그래서 그런 녀석이 죽으라면 죽는시늉까지 하고도 남을 위인이었으니까.

이게 사랑이 아니면 뭐란 말인가?

대화의 주제가 다소 엉뚱한 데로 튀긴 했지만, 친구들은 다 같이 고개를 주억이며 상황을 바로 인지했다.

"너희들…… 뭐냐?"

그때, 까맣게 잊고 있던 존재의 목소리가 불현듯 일행의 고막을 깨웠다.

"감히 밀림의 주인인 무하를 잡겠다느니 하면서 말도 안 되는 소리를 지껄이더니, 신물에 천족에…… 나 참! 돈 많은 호구라기에 열 일 제치고 왔건만, 단체로 미친놈들이었잖아!"

처음 무하 얘기가 나왔을 때 진즉에 손을 털고 나갔어야 했다.

"에잇! 괜한 헛걸음만…… 으응?"

남자의 투덜거림은 미처 끝을 맺지 못했다. 아닌 게 아니라 그의 몸이 점점 허공으로 치솟았기 때문이다.

"시끄러운 녀석이군."

마황은 그저 미간을 찡그렸을 뿐이었다. 하지만 그 순간, 솟구치던 남자의 몸뚱이가 휘릭 돌더니 공중에 거꾸로 매달리는 자세가 되었다.

"으아아아!"

겁에 질린 남자가 괴성을 내지르며 몸부림쳤다.

"이, 이게 무슨 짓이야! 내려 줘!"

한 번도 경험해 보지 못한 아찔함에 눈앞이 어질어질 핑 핑 돌았다.

"아직도 말이 짧네?"

고기 한 조각을 입으로 가져가 씹은 마황이 눈을 한 번 깜박였다. 그러자 남자의 몸이 점점 더 높이 올라갔다. 그대로 뒀다간 천장까지 뚫을 기세였다.

자신들에게 불똥이 튈까 겁이라도 난 건지, 식당에 있던 사람들이 우르르 밖으로 튀어 나갔다. 덕분에 실내엔 일행과 초칸만이 남았다.

"제국어는 유창하게 구사하면서, 존댓말은 못 배웠나?"

"아, 아닙니다! 제발 살려 주세요! 먹여 살려야 할 식구가 많습니다!"

"무하가 어디 있는지는 알고?"

"그럼요! 알고말고요! 거처는 몰라도, 지나는 길목은 세세하게 알고 있습니다. 그래야 우리가 사니까요!"

"좋아. 그럼 안내해 봐."

"으아악!"

쿵 소리를 내며 남자가 바닥으로 떨어졌다. 높이가 상당했지만, 다행히 어디가 부러지거나 다친 것 같지는 않았다. 아니, 오히려 소리와 달리 남자의 착지자세는 마치 높은 곳에서 스스로의 의지로 뛰어내린 것처럼 안정적이었다.

단순한 착각인가?

엄살을 있는 대로 부리며 구부정한 허리를 펴는 남자를 바율은 유심히 바라보았다.

Chapter 2.
기이한 저주

1.

주어진 일주일의 시간 중 하루를 마을에서 보냈다. 자신을 일대에서 가장 잘 나가는 초칸이라 소개하며 자화자찬하던 남자의 이름은 제이콥이었다.

그는 어제 마황의 장난으로 겁을 먹고 도망치면 어쩌나 했던 일행들의 걱정이 무색할 정도로 약속된 시각에 맞춰 찾아왔다.

"자, 받아요."

제이콥이 한 사람 앞에 한 개씩 무언가를 휙휙 던졌다. 언뜻 보기엔 꽤 성의 없는 동작이었지만, 물건은 신기하리만치 정확하게 일행의 손에 딱딱 떨어졌다.

"이게 뭡니까?"

"식량이지 뭐겠어요."

"겨우 요만한 게…… 내가 먹을 거라고?"

먹거리에 예민한 데스가 황급히 주머니를 열어 보았다. 아니나 다를까, 안에는 말린 과일 쪼가리와 누린내가 풍기는 육포 조각 몇 개가 전부였다.

"난 됐어."

데스가 받은 것을 그대로 제이콥에게 훅 던졌다.

"식량이 왜 필요해? 들어가면 잡아먹을 것 천지일 텐데."

"하아, 내 이럴 줄 알았지."

데스처럼 굴던 의뢰인이 한두 명이 아니었는지, 제이콥이 코웃음을 치며 받아쳤다.

"당신들에게 그럴 시간이 있을 것 같아요?"

"뭐?"

"실력 좋은 거? 네, 인정합니다. 그렇게 대단한 마법사를 거느리고 있으니 밀림이 우습게 여겨질 법도 하죠."

크루델리스를 마법사라 단정 지은 제이콥이 일장 연설을 늘어놓았다.

"근데, 어디 그런 마법사가 여기 계신 이분뿐이었을까요? 정글은 말이죠. 눈에 보이는 모든 게 위험한 곳입니다.

어디서 뭐가 튀어나올지 아무도 모른다고요. 나중 되면 덥고 습한 일쯤은 별거 아니라고 느껴질 겁니다. 온갖 벌레가 피를 빨아먹겠다고 달려드는 것 역시 익숙해질 테고, 주위를 맴돌며 먹잇감을 노리는 육식 동물의 기척도 그러려니 할 때가 올 겁니다. 아, 물론 당신들이 그걸 감당할 만한 여력이 있다는 전제하에 말이죠."

"훗, 그러는 너는 그 모든 걸 감당할 수 있나 보지?"

데스가 피식거리며 묻자 제이콥이 당당하게 대꾸했다.

"당연하죠. 우리 초칸에겐 그런 건 일상입니다."

"일상이라……."

데스가 말끝을 흐리자 그가 주저한다고 오해한 듯, 제이콥의 얼굴에 의기양양한 기색이 떠올랐다.

"그거 보세요. 아무래도 무리겠죠? 목숨을 부지하는 것만으로도 바쁜 시간에, 사냥은 사치입니다. 그 전에 우리가 잡아먹히지나 않으면 다행이죠."

"어이가 없군. 하도 난리를 치기에 얼마나 대단한가 싶었는데, 고작 그게 다야?"

제이콥은 모르겠지만, 마계의 환경에 비교해 이 정도면 낫다 못해 쾌적한 수준이라고 할 수 있었다. 그곳은 공기의 농도마저 탁하고 흐릿해, 약한 마족들은 숨 쉬는 것조차 버거워했다.

"무하라는 놈도 별 볼 일 없겠군. 굳이 내가 따라올 필요가 있었을까 싶기도 하고 말이지."

리타의 곁에 남겠다고 고집을 부리는 데스를 부득불 끌고 온 건 마황이었다.

거기엔 데스만 리타의 음식을 먹게 할 수 없다는 심오한 뜻이 담겨 있었으나, 겉으로는 망각의 지대에서 무슨 큰일이 벌어질지 알 수 없으니 대비 차원에서 데스가 꼭 필요하다는 말로 포장했다.

"어머, 정말요? 그런 위험한 곳으로 가신다니…… 데스 씨! 정신 바짝 차리고 우리 도련님 잘 모셔야 해요!"

그 말을 리타 앞에서 한 것도 분명 고의였으리라.

일련의 사건들을 되짚은 데스가 오랜만에 살기등등한 기세로 제 형을 노려보았다. 나름 찔리는 구석이 있는 터라 마황이 은근슬쩍 그 눈빛을 피할 때였다.

"아직 제 말 다 끝난 거 아니거든요?"

제이콥이 잘 들으라는 듯 재차 경고했다.

"정글에서 가장 위험한 건 독입니다, 독! 독충, 독사는 물론이거니와, 나무 이파리와 열매도 방심하면 안 돼요. 예쁘고 먹음직스럽게 보인다고 해서 아무거나 막 따 먹고 그러면 안 된다고요. 그랬다가 골로 간 인간이 한둘이 아니에요!"

"정말 큰 도움이 되는군. 그리고 또 뭐가 있으려나? 어디, 이참에 하고 싶은 말 있으면 다 해 봐. 들어나 보지."

마치 저를 놀리는 듯한 데스의 말투에 제이콥의 뺨이 벌겋게 달아올랐다. 초칸이 되어 의뢰를 맡은 지도 벌써 수년이 흘렀고, 그간 참으로 다양한 인간 군상을 접했다. 하나 이상하게 오늘따라 유난히 약이 올랐다.

첫 만남부터 요상한 분위기를 풀풀 풍겨 대더니만, 시간이 지날수록 불길한 예감이 자꾸만 들었다. 왠지 엮여서는 안 될 상대와 엮인 기분이라고 해야 할까.

황금이 묻혀 있다는 소문이 퍼지면서 요즘 들어 밀림을 찾는 방문객들이 폭발적으로 늘었다. 덕분에 짭짤한 수익을 올리고 있으니 그의 입장에서야 나쁠 건 없었지만, 문제는 그가 안내한 이들 중 살아 돌아온 무리가 하나도 없다는 것이었다.

물론 엄밀히 따지자면 애초에 초칸은 의뢰인을 목적지까지 안내하기만 하면 끝이었다. 다음은 의뢰인의 몫이었고, 그들은 조용히 물러나는 게 일반적이었다.

과거에 도와주겠다고 설치다가 같이 목숨을 잃는 초칸들

이 발생하면서 그들 사회에서 부득이하게 내려진 결정이었다.

해서 제이콥은 웬만하면 의뢰인에게 많은 것들을 알려 주기 위해 최선을 다하는 편이었다. 그래야만 살아 돌아올 확률이 높아질 테니까.

그런데 지금은 굳이 그러고 싶지가 않았다. 데스의 태도가 얄미운 탓도 있지만, 그보다는 그럴 필요가 없을지도 모른다는 생각이 불현듯 든 것이다.

실력깨나 있어 보이는 마법사 한 명에 기사가 둘.

그리고 나머지 일곱은 성인도 되지 못한 어린 녀석들이었다.

분명 여태 봐 온 무리 중 가장 적은 인원에, 최약체 구성원이라고 해도 과언이 아니었다.

하지만 어째서일까.

망각의 지대에서 태어나고 자란 초칸들은 일반인들과는 결이 다를 정도로 예민한 감각을 지녔다. 주변 환경이 그들을 그리 만든 것이다. 그런 그의 촉이 자꾸만 말도 안 되는 상상을 불러일으켰다.

이들이라면 혹 저주를 풀어 줄 수도 있지 않을까?

어쩌면 자신들을 돕기 위해 온 구원자가 아닐까?

'에잇! 말도 안 돼! 무슨!'

그러나 제이콥은 이내 고개를 세차게 가로저었다. 자신이 잠깐 정신이 나간 게 분명했다. 황금도 아니고, 밀림의 왕인 무하를 잡겠다고 찾아온 얼빠진 무리에게 무엇을 기대한단 말인가. 심지어 몇몇은 자기가 찾는 것의 이름도 제대로 모르는 모양새였다.

다시 보니 어린놈들은 우물 안 개구리로 곱게만 살아온 티가 팍팍 흘렀다. 무하를 잡다가 어디 자랑이라도 하고 싶은 거겠지.

"됐습니다. 그만 가죠."

어차피 기본적으로 알려 줘야 할 만한 건 다 알려 줬다. 앞으로 버티는 건 이들의 역량에 달렸다.

"무하는 정글 깊숙이 들어가야 그 흔적을 발견할 수 있습니다. 즉, 우린 오늘 해가 지기 전까지 중간 기착지에 반드시 도착해야 합니다. 그러니 떨어지지 말고 잘 따라오세요. 낙오자는 따로 안 챙깁니다."

중간 기착지는 초칸들이 합심해서 만들어 놓은, 일종의 안전지대였다. 간혹 몬스터나 알 수 없는 무언가에 의해 파괴되기도 하지만, 그래도 대체적으로 훌륭하게 그 쓰임을 다하고 있었다.

퉁명스럽게 말을 마친 제이콥은 일부러 평소보다 더 빠르게 이동했다. 꾸물거릴 시간이 없다는 것도 사실이긴 하나, 자신감에 찬 이들의 얼굴이 당황으로 무너지는 모습을 보고 싶다는 사악한 마음도 일부 들어가 있었다.

"……!"

하지만 도리어 당혹감에 휩싸인 건 그였다.

계속해서 걷다 보니 어느새 밀림의 입구를 넘어선 지 한참이 지났다. 이쯤 됐으면 신호가 왔어도 벌써 왔어야 했는데, 힘겨운 기색은커녕 여전히 다들 팔팔했다.

뿐인가.

단체로 겁을 상실하기라도 한 건지 두려워하는 티가 전혀 나질 않았다. 본디 밖에서는 호언장담을 해도 정작 안에 들어오면 다들 긴장하고 겁먹기 마련이거늘, 이런 경우는 보지 못했다.

아직 아무 일도 일어나지 않아서 그런 건가?

그가 안내하는 길은 초칸들이 합심해서 터를 닦아 놓은 통로였다. 모든 동식물을 완전히 차단할 순 없지만 그래도 최소한의 안전을 어느 정도 확보할 수 있었다. 덕분에 시간 단축에도 제법 도움이 되었다.

하지만 이 길은 밀림의 초입 부분에나 설치되어 있었다. 그러니 저 여유도 잠시 후면 끝나리라.

"…잠깐."

거기까지 생각하던 제이콥이 별안간 멈춰 섰다.

"뭐야?"

"무슨 일입니까?"

"아무 소리도 못 들었는데."

빽빽하게 솟은 나무들 덕에 햇살이 듬성듬성 비쳤다. 바율과 친구들은 뭐라도 나타났나 싶어 귀를 기울였지만, 벌레와 새들의 지저귐만이 들려왔다.

"왜 없지……."

"없다니요? 뭐가요?"

"벌레 말입니다. 원래라면 피를 빨아먹겠다고 득달같이 달려들어야 하는데……."

제이콥이 돌아서며 일행의 면면을 하나하나 살폈다. 그런 그의 표정은 점점 믿을 수 없다는 듯 변해 갔다. 벌레에 물린 흔적은 고사하고, 땀방울이 맺힌 흔적조차 찾을 수 없었기 때문이다.

"이건 뭐지? 제법 탐스럽게 생겼네."

그때 데스가 팔을 뻗어 나무에 열린 노란 열매 하나를 땄다.

"아, 안 돼! 그건 먹으면……!"

제이콥이 소리쳤지만 이미 열매의 반 이상이 데스의 입 속으로 들어가고 난 후였다. 아삭아삭 씹는 소리가 제이콥의 귀에는 마치 천둥 번개가 치듯 크게 들리는 듯했다.

"독⋯⋯ 독이⋯⋯."

너무 놀라선지 말이 제대로 나오지 않았다. 이런 의뢰인은 결단코 본 적 없었다. 흉흉하기로 유명한 망각의 지대에 들어와서, 뭔지도 모르는 열매를 망설임 없이 따 먹다니.

제이콥의 눈에는 그야말로 미친놈이었다.

"뭐라는 거야? 독이 뭐 어쨌는데? 말을 할 거면 똑바로 하든가."

그런데 놈이 한술 더 떴다. 남은 열매까지 몽땅 먹어 치우더니 그걸로도 모자라 그새 하나를 더 따는 것이 아닌가. 입가에 흐르는 과즙을 혓바닥으로 갈무리하는 모습이 퍽 자연스러웠다.

"맛있냐?"

"씁쓸한데 나름 먹을 만해."

"오호."

마황이 질세라 열매 따기에 동참했다. 그의 입으로 노란 과실이 들어가기 직전, 제이콥은 가까스로 정신을 차리고 달려가 다급히 팔을 붙들었다.

"안 돼요! 이건 독이 든 열매라고요!"

"아, 그래?"

독이 들었다는 말을 들었음에도 마황은 주저하지 않았다. 그가 잡힌 팔을 가볍게 뿌리치며 크게 한입 베어 물었다.

"다, 당신 미쳤습니까? 이건 해독제도 없는 맹독이 들어간 거라고요! 먹으면 바로 즉사하는!"

"들었지? 너희들은 먹으면 안 되겠다."

맛을 음미하던 크루델리스가 나쁘지 않다는 양 고개를 주억이고는 바율과 친구들에게 여상하게 일렀다.

"아쉽네. 꽤 괜찮은데."

데스의 평처럼 씁쓸한데 시큼하고 달달한 게, 딱 식욕을 돋우는 맛이었다. 단점이라면 잘 익은 고기 한 점이 생각난다는 정도랄까.

그에 마황이 데스를 쳐다보자, 그 역시 같은 생각이었는 듯 눈동자를 빛냈다.

"하나만 잡아 볼까?"

"말이라고."

평소 으르렁거리긴 해도 이럴 땐 죽이 척척 잘도 맞는다. 마황이 한순간에 눈앞에서 사라졌다.

"헉!"

갑자기 시야에서 사람이 사라지자 제이콥이 놀란 숨을 훅 들이켰다. 그러나 더 놀라운 건 그다음이었다. 얼마 지나지도 않아 다시 나타난 마황의 손에는 머리에 뿔이 달린 돼지 한 마리가 죽은 채 들려 있었기 때문이다.

그걸 보고 일행은 못 말린다는 듯 고개를 설레설레 젓는 반면, 데스는 익숙하게 자리를 잡고 앉았다. 그런 그의 손에서 검은 연기가 뭉실뭉실 피어나더니, 어느 순간 화르륵 불길이 솟았다.

이 모든 게 이루어진 건 정녕 순식간이었다.

"다, 당신들 뭐야? 인간 맞아?"

열매를 먹는 순간 진즉에 피를 토하고 죽었어도 모자랄 상황이었다. 제이콥은 제 눈으로 목격하고도 도저히 믿지 못할 작금의 사태에 심장이 미친 듯이 뛰기 시작했다.

"인간이 아니면, 네가 뭘 어쩔 건데?"

"뭐, 뭐라고요?"

"어차피 너도 평범한 인간은 아니잖아."

마황이 불에 잘 익어 가고 있는 고기에서 눈길을 거두며 제이콥을 지그시 응시했다. 그의 말에 당사자인 제이콥은 물론이고, 다른 일행들까지 깜짝 놀랐다.

"평범한 인간이…… 아니라고요?"

"그럼 뭐예요? 설마 드래곤?"

"야, 그럼 라이가 알아봤겠지."

"아, 그러네."

뒤늦은 깨달음에 에이단이 제 손으로 이마를 쳤다.

"설마 당신이 그 천족은 아니죠?"

알레그리아가 말하길, 용기의 신이 태고의 신물을 가지고 찾아올 거라고 했다. 라나사가 혹시나 하는 심정으로 그녀를 힐긋거리며 물었지만, 제이콥은 여전히 하얗게 질린 채 아무 말도 하지 못했다.

"당연히 마족도 아닐 테고……."

그랬다면 마황과 데스를 보고 진즉에 오체투지라도 하였을 것이다. 만약 가만히 있었다면 그건 그것대로 문제이니 마계 형제들이 가만히 있지 않았을 테고.

"드래곤도 아니고, 마족이나 천족도 아니면…… 당신, 대체 정체가 뭐죠? 생긴 건 인간이랑 완전 똑같은데. 안 그래?"

정신이 없는 와중에도 제이콥은 생각했다.

이것들이 단체로 미친 건가?

이 세계에 인간 말고도 얼마나 다양한 생명체가 살아가는데, 어떻게 제일 먼저 떠올린 게 그런 무시무시한 존재들이란 말인가.

드래곤에 이어 천족과 마족이라니.

맞닥뜨릴 엄두도 안 나는 종족이었다. 행여나 평생에 한 번이라도 마주쳤다면 이렇게 목숨을 부지하고 있을 리가 없었다.

그는 짐작도 할 수 없겠지만, 기실 친구들 입장에선 그간 인간을 제외하고 봐 온 존재들이라야 그 정도가 전부였다. 우습게도 그가 기함하는 대상이 일행에게는 떠올릴 수 있는 상상력의 한계인 것이다.

그때, 묘하게 말이 없던 퀸이 툭 던지듯 물었다.

"그쪽, 혹 수인족의 피를 이은 거 아닙니까?"

"수인족?"

퀸의 말에 바율과 친구들의 눈이 동그래져서 제이콥을 재차 샅샅이 살폈다. 하지만 다시 봐도 그에게서 수인족의 특성이라고는 전혀 찾아볼 수 없었다. 그저 유난히 동공이 크다는 사실 정도가 다였다.

"갯과인 것 같은데."

퀸의 나지막한 추측에 제이콥이 마치 허를 찔린 사람처럼 움찔했다. 그렇다고 인정하는 바나 다름없었다.

커다란 후드를 뒤집어쓴 채 여태 침묵만 고수하던 인물이 갑자기 자신의 정체를 정확히 집어내자 제이콥은 자못 당황스러웠다. 지금껏 이런 경우는 한 번도 없었던 탓이다.

"뭐야, 퀸. 너 처음부터 알고 있었어?"

"근데 왜 진작 우리한테 말 안 했냐?"

"그게 중요해?"

"아니, 뭐 꼭 그런 건 아니지만……."

그들의 목적은 망각의 지대에서 태고의 신물만 무사히 회수하면 되는 거였다. 초칸의 정체가 인간이든 아니든 하등 상관없는 일이다.

"그래도 이건 기분 문제라고. 너만 알고 우리는 몰랐던 거잖아."

"나만 알고 있었던 건 아닌데."

퀸이 마황과 데스를 향해 차례대로 눈길을 주었다. 그러고 보니 데스도 무어라 아는 척은 안 했지만, 별 반응이 없는 게 아무래도 알고 있었던 게 분명했다.

하지만 관심이 없었겠지.

오죽하면 그는 이 사달이 난 지금도 고기가 익기를 고대하며 불길만 뚫어지게 노려보고 있었다.

"이쯤 되니 궁금해지네."

에이단이 고개를 기울이며 일라이를 돌아봤다.

"라이, 너는 전혀 몰랐어?"

"뭐?"

"아니, 너도 좀 알아보고 그래야 정상 아니야? 명색이 드래…… 마법학부 수석이라는 녀석이 어떻게 그런 것도 모를 수가 있냐?"

제이콥의 시선을 의식한 에이단이 저도 몰래 삐져나오던 말을 겨우 수습하며 묻자, 일라이가 버럭 대꾸했다.

"나도 좀 이상하다 싶긴 했거든!"

"이제 와서?"

"긴가민가했지만, 퀸의 말처럼 그다지 중요하지 않은 문제라서 그냥 입 다물고 있었던 거야. 넌 뭘 알지도 못하면서 사람을 등신 취급하냐?"

"너 사람 아니잖아."

"야!"

"에이단!"

습관처럼 튀어나온 말에 에이단이 헉 소리를 내며 제 입을 틀어막았다. 일라이가 스스로에게 사람이란 단어를 쓰면 늘 장난처럼 대응하던 게, 하필이면 이런 상황에서 또 터지고야 만 것이다.

조금 전 '드래곤'이라는 단어를 애써 수습해 놓곤 어이없는 실책이 아닐 수 없었다.

제이콥은 본능적으로 뒷걸음질 쳤다.

그는 겁에 질려 있었다. 이제까지는 마황과 데스만을 의심했다면, 지금은 전부 다 수상했다.

친구들끼리 하는 가벼운 말장난일 수도 있겠지만, 저 태도는 분명 단순한 농담이 아니었다.

인간이 아닌데 인간의 모습으로 형상화하고 있다. 그건 다시 말해 감히 제가 넘볼 수 없는 존재란 의미였다.

수인족임을 의심하지 않는 이유는 간단했다. 저와 같은 혼혈이 아니고서야, 유사 인종은 전부 확연히 티가 나기 마련이니까.

게다가 만약 이들이 혼혈이었다면 자신이 몰라봤을 리 없다. 수인족의 피가 섞이면 어떤 식으로든 작게나마 표시가 나기 때문이다.

다들 범상치 않은 외모를 지녔으나, 겉보기엔 하나같이 인간의 외형을 하고 있었다.

대관절 이들이 망각의 지대에서 왜 황금이 아닌 무하를 찾는 것인지, 그리고 애초에 이 정도 실력을 갖추고 초칸을 필요로 하는 건지 그로선 도무지 이해가 가질 않았다.

"도망가려고?"

마황이 씩 웃자 제이콥의 다리가 묶였다. 아무리 기를 써도 하체에 전혀 힘이 들어가지 않았다.

"이, 이게 무슨 짓입니까?"

"초칸이 의뢰인을 두고 토끼려고 하니까 그렇지."

"…당신들, 딱히 내가 필요한 것도 아니잖아! 평범한 인간도 아니면서!"

"누가 그래? 필요하지 않다고?"

"계약 사항에 의뢰인이 반드시 인간이어야 한다는 조항은 없었던 것 같은데요."

마황에 이어 퀸이 맞받아치며 머리에서 후드를 내렸다. 그와 함께 드러난 그의 지느러미 귀에 제이콥이 저도 모르게 입을 쩍 벌렸다.

"이, 인어족!"

"뭘 그리 놀라요. 같은 수인족 처음 봅니까?"

그건 분명 아니었다. 하나 그런데도 제이콥은 좀처럼 말을 잇지 못했다. 기실 수인족 중 인어족을 보는 것은 처음이라서이기도 했다.

"내 정체를 밝혔으니 이젠 당신도 말해 보죠. 부모 중 어느 한쪽이 견인족이 아닐까 싶은데…… 맞습니까?"

"부모 중 한쪽이라면, 혼혈이란 뜻이야?"

"어. 보통 그런 경우엔 이자처럼 수인족의 특징을 거의 찾아볼 수 없지."

"오, 그렇구나."

새롭게 알게 된 사실에 친구들은 새삼스러운 눈빛으로 제이콥을 바라보았다.

여전히 별달리 특이해 보이진 않았지만, 살면서 인어족 말고는 수인족을 만나 본 적이 없는 만큼 듣고 나니 뭔가 신기했다.

"망각의 지대에는 수인족이 많이 사나요?"

"묘인족도 있어요? 전부터 실제로 한번 보고 싶었거든요."

"난 조인족이 궁금해. 우리 잉그리드도 좋아할 거 같거든."

"너희들, 여기에 견학 왔냐? 시간도 부족한데 무슨 헛소리들이야?"

제이콥을 알아보지 못한 데 자존심이 상하기라도 한 양 일라이가 괜히 인상을 쓰며 에이단과 라나사를 타박했다. 그에 두 녀석의 눈매가 가늘어지려는 순간, 데스가 소리쳤다.

"익었다!"

그의 말이 끝나기가 무섭게 마황이 잽싸게 다리 한쪽을 붙잡고 뜯었다. 진정 엄청난 속도였다.

뜨거움은 그들 형제에게 아무런 방해도 되지 못했다. 커다란 고깃덩이가 무척 빠르게 실시간으로 해체되고 있었다.

"어이, 이것도 독이 들었나?"

"……."

제이콥은 멍한 상태로 고개를 가로저었다.

"너희도 좀 먹어 보든가."

"전 괜찮습니다."

"저도."

"두 분이나 많이 드세요."

마황이 권유하는 찰나, 데스의 눈자위가 꿈틀거리는 것을 모두가 보았다. 주기 싫은 게 너무나 명백한 그 태도에 그러잖아도 거절하려던 일행은 저마다 실소를 터뜨렸다.

그런 한편으론 무려 고기를 내주려 한 크루델리스에게 감동 아닌 감동을 받았다. 그가 제 먹을 몫을 나누려 하다니, 직접 보고도 쉬이 믿을 수 없었다.

"여기서 무하가 다닌다는 길목까지는 얼마나 더 가야 하죠?"

두 마족이 식도락을 즐기는 동안, 바율은 대략적인 도착 시각을 가늠해 보려 했다.

안 그래도 사대 정령이 어제부터 망각의 지대를 살피는 중이었다. 살아 있는 생명체 위주로 돌아보고 있음에도 워낙에 방대한 땅덩이인 데다 생물들도 다양해서 찾아내기가 맘처럼 쉽지 않았다.

태고의 신물이라면 그에 맞는 기운을 내뿜고 있을 게 분명하거늘, 아직까지 감도 못 잡고 있었다.

"…당신들, 무하를 찾는 진짜 이유가 뭐야?"

제이콥은 애써 긴장감을 숨기며 물었다. 사실 그는 이들이 무하를 잡을 리 없다고 여겼기에 가벼운 마음으로 안내를 맡았었다.

그런데 지금은 그 생각을 바꿔야만 할 듯했다. 이들이라면 진정 밀림의 왕이라는 무하를 생포하고도 남을 것 같았기 때문이다.

차마 정체가 무어냐고 다시 묻기는 무서웠다. 조금 전 그들이 입에 담았던 어마어마한 단어가 머릿속을 어지럽게 오갔다. 덕분이 입안이 바짝바짝 말랐다.

살아서 돌아갈 수는 있을까?

무하가 이들에게 잡혀가면 어떡하지?

그를 해코지할 생각이 눈곱만큼도 없는 일행이거늘, 제이콥은 눈앞이 노래지며 숨쉬기마저 점점 버거워졌다.

"그게 왜 갑자기 궁금해진 겁니까?"

상대는 지금껏 무하에 대한 경고만 했지, 찾으려는 이유를 알고자 하지는 않았다. 일행의 불확실한 정체에 두려워하면서도 새삼 그런 걸 묻는 저의가 무엇일까.

"…무하는 신성한 동물이야. 무하가 있어서 그나마 우리 초칸들이 일찍 죽지 않고 여태 버틸 수 있었던 거라고!"

"그게 무슨 뜻이죠?"

무하는 무하고 초칸은 초칸이다. 그 둘이 무슨 상관관계라도 있단 말인가?

"우릴 저주에서 보호해 주는 존재가 바로 무하야! 당신들이 무하를 데려가면 초칸이 전부 죽게 돼! 그러니 제발 그냥 포기해!"

제이콥의 말투는 거의 사정하는 조였다.

"어제는 우리가 무하에게 죽게 될 거라고 하지 않았던가? 그새 태도가 확 바뀌셨네."

일라이의 이죽거림에 제이콥이 입술을 세게 깨물었다.

"그땐…… 당신들의 정체를 몰랐으니까……."

"지금은 알고?"

"뭡니까…… 정체가……."

제이콥은 어깨를 옹송그리며 기어들어 가는 목소리로 물었다.

"말하면, 감당할 수는 있겠어요?"

"모르는 게 나을 텐데."

쑤아아앙!

별안간 그들 사이로 매서운 바람이 분 것은 그때였다.

"바율, 찾았어!"

이어 다소 흥분한 템페스타의 외침이 일대를 쩌렁쩌렁하게 울렸다.

"구석진 곳에 숨어 있는 걸 내가 제일 먼저 발견했지롱!"

사대 정령이 마치 시합이라도 하듯 망각의 지대를 헤집고 다녔다. 템페스타는 개중에서 본인이 제일 먼저 신물을 찾아냈다는 데 엄청난 희열을 느꼈다.

안 그래도 정령왕이 되는 문제로 요즘 기분이 썩 좋지 않았는데, 오늘은 오랜만에 날아갈 것만 같았다.

"이, 이건 또 무슨……!"

제이콥은 아예 주저앉았다. 그가 갑작스레 허공에 나타난 템페스타를 보고 말끝을 흐리며 입술만 벙긋거렸다.

바율과 친구들은 절로 한숨이 푹 새어 나왔다.

"타이밍 한번 죽이네."

"템페스타, 어떻게 넌 지금 딱 나타나니?"

"덕분에 정체를 숨기기는 글렀군."

"그건 이미 진즉에 다 뽀록난 거 아니었냐? 누구들 때문에."

그 누구가 누구인지는 굳이 거론할 필요도 없었다. 일라이가 한심하다는 눈빛으로 마황과 데스를 번갈아 보며 쯧쯧 혀를 찼다. 물론 그들은 녀석이 그러거나 말거나 여전히 고기에 집중하기 바빴다.

"바율, 나 뭐 잘못했어?"

임무를 성공적으로 완수하고 돌아왔다. 해서 당연히 칭찬을 받을 줄 알고 잔뜩 기대했건만, 예상과 다른 반응에 템페스타는 보기 드물게 움츠러들었다.

"아니야, 템페스타! 아주 잘했어! 여기는 신경 쓰지 마. 다른 문제 때문이니까."

녀석이 다시 소심한 모습으로 돌아갈까 싶어 바율은 서

둘러 손을 저으며 대꾸했다. 템페스타가 사고를 치는 것만큼이나 풀이 죽은 걸 보는 일도 바율에겐 큰 곤혹이었다.

기실 다른 사람이 있는데 이런 식으로 갑자기 등장하는건 문제이긴 했다. 하지만 이미 쏟아진 물이었다. 괜히 추궁을 하느니 녀석을 달래는 편이 더 나았다.

"헤헤, 그렇지? 나 잘했지?"

녀석은 바율의 위로에 금세 표정을 풀고 헤실헤실 웃었다.

얇은 잠옷 차림에 은청색의 긴 머리칼을 휘날리며 공중에 떠 있는 템페스타. 제이콥은 여전히 넋이 나간 채 그런 녀석을 올려다보고 있었다.

도대체 뭐 하는 인간들인지 모르겠다. 아니, 인간이 아닌게 분명하니 뭐 하는 족속들인지 모르겠다.

초칸으로 일하며 여태 보아 온 무리 중 최약체라고 확신했거늘, 제 눈이 삐어도 단단히 삐었던 게 틀림없다.

어떻게 진작 알아보지 못했을까?

밀림의 벌레조차 들러붙지 않는 자들이었다. 많다면 많다고 할 수 있는 이들을 만나 봤지만, 벌레가 스스로 피하는 경우는 그 평생 처음 본다.

어디 그뿐인가.

새로운 먹잇감이 등장했으니 응당 주위를 맴돌며 사냥의

때를 기다려야 할 짐승들마저 기척은커녕 접근조차 하지 않았다.

야생에서 목숨을 걸고 살아가는 녀석들은 본능적으로 알아챈 것이다. 이들은 뭣 모르는 애송이가 아니라, 건드려선 절대 안 되는 존재라는 사실을.

되레 안일한 건 자신이었다.

애초에 황금이 아닌 무하를 찾겠다고 했을 때 의뢰를 거절했어야 했다. 그게 얼마나 위험한 일인지 잘 알면서도, 상대를 멋대로 판단해 실패할 거라 단정 지었다.

이들이 정녕 무하를 잡아간다면 망각의 지대는 그야말로 쑥대밭이 될 터였다. 힘의 균형이 깨어지는 순간, 저주에 걸린 초칸들이 우수수 죽어 나가리라는 건 너무나 자명한 사실이었다.

"사, 살려 주세요!"

제이콥은 주저앉은 채 저도 모르게 소리쳤다. 그러자 로건이 인상을 쓰며 그에게 다가갔다.

"우린 당신을 해치러 온 것이 아닙니다. 부적절한 행동을 하기 위해서도 아니고요. 그러니 일어나세요."

"무하를 놓아 주십시오! 무하는 영물입니다. 우리 초칸을 지켜 주는 수호신이란 말입니다!"

"아까부터 이상한 말을 자꾸 하시는데, 대체 그게 무슨 소립니까?"

"맞아. 뭐라고 하는지 하나도 못 알아먹겠어요. 그리고,
우린 아직 무하를 구경도 못 해 봤다고요."

"저기! 저 미소년이 찾았다고 하질 않습니까! 좀 전에 제
가 분명히 들었습니다!"

제이콥이 허공에서 책상다리를 하고 있는 템페스타를 손
가락으로 가리키며 울먹거렸다.

"나보고 지금 미소년이라고 한 거야?"

그에 템페스타가 슥 날아와 제이콥의 얼굴에 제 면상을
들이댔다. 녀석이 빙그레 웃자 일대에 살랑바람이 불었다.
그건 녀석이 매우 흡족한 상태라는 걸 의미했다.

"이 와중에 자기 미소년이라고 했다고 좋아하는 것 좀
봐라."

"그럴 만도 하지. 그간 이노센트, 그 물 여우에게 갈굼을
좀 당했냐?"

"템페스타가 잘생긴 건 사실이지."

"역시 귀여워."

"템페스타, 잠시만 뒤로 물러나 주겠어?"

녀석이 모처럼 기쁨을 만끽하는 소중한 시간을 빼앗고
싶지는 않았으나, 바율은 이쯤에서 제대로 짚고 넘어가야
겠다고 생각했다.

"분명히 알아듣게 말씀해 주세요. 우린 무하가 꼭 필요합니다. 하지만 그로 인해 누군가에게 피해가 간다면 무작정 일을 진행할 수도 없습니다."

"바율! 그게 무슨 소리야? 신물을 다 모으지 못하면 우리가 끝장이라고!"

"이 세계가 멸망할지도 모르는데 이런 사소한 데까지 신경 쓸 시간이 어디 있냐?"

"라이, 이들에겐 목숨이 달린 일이라잖아. 그게 어떻게 사소할 수가 있겠어."

"…하긴, 그래. 방금 말은 실수야. 인정."

태고의 신물을 눈앞에 두고 바율이 포기라도 하려는 건가 싶어 급한 마음에 잠깐 말이 헛 나왔다. 일라이는 제 실언을 바로 사과하며 덧붙였다.

"그래도 신물은 꼭 가져가야 해. 그건 우리에게도 반드시 필요한 거라고!"

"그래서 일단 얘기를 들어 보자는 거야. 어쩌면 이들의 문제를 우리가 해결해 줄 수도 있을 테니까."

"…문제를 해결해 준다고?"

어리둥절한 표정을 짓는 친구들에게 답을 하는 대신, 바율은 무릎을 굽혀 제이콥과 눈을 맞췄다.

"무하가 저주로부터 당신들을 보호해 준다고 말했던 것

같은데, 맞습니까?"

끄덕.

제이콥은 바율을 응시한 채 얼결에 고개를 끄덕거렸다.

차분한 음성 탓일까.

그도 아니면 저를 향한 믿음직한 눈빛 때문이었을까.

그저 한마디 물었을 뿐인데, 제이콥은 기이한 안도감을 받았다. 왠지 이 아이라면 초칸에게 걸린 저주를 풀어 줄 수도 있을 거란 막연한 희망이 다시금 솟구쳤다.

"그 저주라는 게 정확히 뭐죠?"

"…벗어나면 죽게 됩니다."

"벗어나면……? 어딜 말입니까?"

"망각의 지대를…… 벗어나면요."

바율의 미간에 가느다란 주름이 잡혔다. 언뜻 이해가 잘 가지 않았기 때문이다.

"그러니까…… 망각의 지대에서 멀리 떨어지면 죽는다는 건가요?"

"네…….'

"어떻게요?"

"누가 쫓아와서 죽이기라도 한대요?"

상상하지도 못했던 저주의 실체에 에이단과 일라이가 헛숨을 삼키며 물었다.

"그건 아닙니다……."

제이콥은 망설이다가 대답했다.

"…그냥 재가 되어 사라집니다."

"엑? 재요? 그, 불타고 남는 그거?"

"예. 먼지처럼…… 흔적조차 없이 말이죠."

어린 시절, 제이콥은 실제로 그렇게 초칸이 죽어 가는 걸 본 적이 있었다. 당시 그가 받은 충격과 공포심은 아직까지도 그를 괴롭혔다. 해서 그걸 잊기 위해 부러 더 밝은 척, 가벼운 척 스스로를 포장하고는 했다.

"초칸은 망각의 지대가 좋아서 살아가는 게 아닙니다. 물론 태어나고 자란 터전인 만큼 애착은 있지만, 우리 역시 안전하고 풍요로운 땅에서 위협 없이 살기를 언제나 꿈꿉니다."

"그런데 그 저주 때문에 어쩔 수 없이 떠나지 못한다는 말씀이로군요."

"그럼 무하가 하는 일은 뭔데요? 망각의 지대 밖에서 기다렸다가 탈출한 초칸이 사라지기 전에 다시 땅 안으로 집 어넣기라도 한다는 건가요?"

고개를 갸웃거리며 묻는 일행을 보며 제이콥은 허허롭게 웃었다.

"무하는 짐승입니다. 그런 일까지 해 줄 수는 없죠."

"그러면요?"

"망각의 지대. 수많은 모험가와 탐험가의 생명을 앗아가는 이곳 밀림에서 우리 초칸이 살아남을 수 있었던 이유는 앞서 말했다시피 무하 덕분입니다. 아주 오래전부터 무하는 우리를 보호해 주었어요. 여러 위험으로부터."

"…지금 이 얘기, 나만 좀 이상한 거야?"

라나사의 보라색 눈동자가 의혹으로 번뜩였다.

"무하는 태고의 신물이잖아. 신물이 왜 유독 초칸만 그렇게 보호하는 거지? 원래 신물이면 신물답게 모든 이들에게 공평해야 하는 거 아닌가?"

"난 그것보다 초칸인가 하는 사람들이 망각의 지대를 벗어나면 재가 된다는 게 더 이상해. 세상에 그런 저주가 있다는 얘기는 처음 들어. 멀쩡한 사람이 지역을 좀 이탈했다고 사라지는 게 말이 되냐? 스피넬이 영멸을 한 것도 아니고 말이야. 차라리 공간 이동 마법을 했다는 게 더 현실성 있겠다."

일전에 스피넬의 고유 능력으로 칼리오페가 그렇게 눈앞에서 영원한 죽음을 맞았다.

"그러고 보니, 이 비슷한 경우가 또 있었어."

무언가 생각에 잠겨 있던 바율이 문득 눈을 들어 이언을 바라보았다. 이언 역시 같은 생각을 하고 있었던 듯 무거운 눈빛으로 바율의 시선을 마주했다.

"반다인."

이제는 완전히 잊고 있었던 이름이었다.

"날 죽이러 왔던 드와이어트 제국의 사신, 다들 기억해?"

"당연하지. 그 재수 없는 이름은 갑자기 왜?"

"마족의 힘을 빌려 쓰는 대가로 그는 자기 영혼을 바쳤어. 날 죽이고 재가 되어 사라졌지."

"그래, 듣기는 했어. 근데 그게 뭐?"

"저주의 내용이 망각의 지대를 벗어나면 재가 되어 사라지는 거라고 했잖아. 이거…… 혹시, 마족과 연관이 있는 건 아닐까?"

"마족?"

마족이라면 이미 그들 무리에 둘이나 있었다. 심지어 개중 한 명은 무려 마계의 황제였고, 다른 한 명은 마계의 최고 강자였다.

자연스레 일행의 시선이 마족 형제에게로 향했다. 그리고 그들은 약속이라도 한 듯 나란히 고개를 저었다.

"이런 심각한 상황에서도 배 채우는 게 우선이지."

"마계가 엉망진창인 건 다 이유가 있다니까."

"그렇게 맛있습니까?"

"왜? 이제라도 먹게?"

이제 거의 뼈만 남은 상태였다. 그럼에도 데스는 여전히 경계하는 기색이었고, 마황은 옆에 앉으라는 듯 눈짓했다. 아주 가상했다.

"아뇨, 그건 됐고요. 그보다 두 분이 좀 해 주셔야 할 일이 있습니다."

마지막 살점이 데스의 목구멍으로 넘어가는 걸 확인한 바율은 어렵게 말을 꺼냈다.

"무슨 일? 그 저주가 마족이 한 건지 알아봐 달라고?"

"용케 다 듣고 계셨네요."

마황이 몸을 털며 일어섰다.

"그렇게 크게 떠드는데 어떻게 못 들어. 근데, 아니야."

"아니라니요?"

"마족이 한 짓이면 우리가 모를 수가 없거든. 안 그러냐?"

크루델리스가 돌아보자 데스가 말없이 고개를 끄덕였다. 그러면서 입맛을 다시는 게 아무래도 고기의 양이 부족했던 모양이었다.

하긴, 생각해 보면 말이 안 되는 소리이긴 했다. 마황과 총사령관이 버젓이 있는데 마기를 느끼지 못한다는 건 애초에 성립될 수 없는 조건이었다.

그때, 알레그리아가 조용히 끼어들었다.

"전혀 불가능한 일은 아닙니다."

"…뭐?"

"여기에 무하가 있으니까요."

"그게 뭘 어쩐다는 건데?"

"무하는 마기를 상쇄시킬 수 있습니다."

"상쇄? 마기를 무력화한다는 뜻이야?"

"완벽히는 아니겠지만, 어느 정도는요."

"무슨 그런 말도 안 되는…….''

"무하는 본디 아버지가 키우시던 동물이었어요. 아버지의 신력이 무하에게도 영향을 준 겁니다."

"…누가 키우던 거라고요?"

예상치 못한 이야기에 모두의 눈이 알레그리아를 향했다.

"다들 알다시피 마기와 천기의 성질은 상극입니다. 만약 초칸에게 내려졌다는 저주가 정말 마족과 관계가 있는 거라면, 분명 무하로 인해 그 기운이 상당히 중화되었을 거예요."

놀란 일행의 시선이 일제히 자신을 향하고 있음에도 알레그리아는 덤덤히 설명을 이어 갔다.

"하지만 망각의 지대는 아주 넓습니다. 그러니만큼 어딘가에 무하가 상쇄시키지 못한 마족의 흔적이 반드시 있을 겁니다."

"그걸 찾으면."

"어떤 개자식의 짓인지 알 수 있겠군."

마황과 데스가 거의 동시에 중얼거렸다. 선득하게 빛나는 두 쌍의 눈동자로 보건대, 만약 정녕 마족의 짓이라면 놈이 살아갈 날은 얼마 남지 않았을 게 분명했다.

"근데 말이야."

마족과의 연관성에 모두가 몰두하고 있을 때, 에이단이 불쑥 알레그리아에게 말을 걸었다. 그런 녀석의 목소리는 평소와 달리 탁성으로 젖어 있었다.

"왜 여기 있는데?"

"……?"

에이단의 주어 없는 물음을 바로 알아듣지 못한 알레그리아는 그저 눈만 깜박였다. 그러자 녀석의 언성이 높아졌다.

"네 아버지인 주신이 키우던 동물이라며! 그런데 어째서, 왜 지금 천계가 아니라 이런 데 있는 거냐고!"

"그건……."

"설마, 기르다 버린 거야? 자기 반려동물을?"

"…원래 변덕이 심하신 분입니다."

알레그리아는 제가 말하면서도 참으로 궁색한 변명이라 생각했다. 기실 그녀도 자신의 아버지를 이해할 수 없었다.

"진짜 쓰레기네. 인간도 하면 안 되는 짓을, 무려 이 세상을 만들었다는 주신이란 작자가 했다는 거잖아. 그런 게 대체 어떻게 신이야? 뭐, 주신은 자기 마음대로 뭐든 다 해도 되는 건가? 지가 만들었으니까?"

평소 동물들을 제 몸보다 더 아끼고 사랑하는 에이단이었다. 병들고 다친 짐승을 보면 그냥 지나치지 못했고, 갖은 수를 동원해서 어떻게든 꼭 살리고야 마는 집념의 소유자였다.

녀석은 일행이 초칸의 저주를 어떻게 풀지에 대해 고심할 때도 내내 주신에게 버려진 무하를 걱정하고 있었다.

"…상처받았을 거야."

"뭐?"

"태고의 신물이라고는 해도, 녀석도 생명이잖아. 엄연히 마음이란 게 있다고."

주인에게 버려진 동물들의 심정이라면 에이단이 그 누구보다 잘 알았다. 방치된 아이들을 위로해 주는 게 특기였으니까.

어려서부터 그런 녀석들을 마주할 때마다 에이단은 그들과 함께 울었다. 그때를 떠올려서인지 더욱 화가 치솟았다.

"진짜 짜증 나는 게 뭔지 알아?"

친구들은 한껏 예민해진 에이단을 말없이 바라보았다.

"그 불쌍한 놈들은 버려졌으면서도 하나같이 주인을 원망하지 않는다는 거야. 그저 자기들이 뭔가 잘못을 했다고 여기지. 그래서 오히려 자책하는 경우가 대부분이야. 심지어는 저가 버려진 것도 모른 채 망부석처럼 계속 기다리는 놈들도 있다고."

"에이단……."

"어쩌면 무하도 그럴지 몰라. 여기 망각의 지대에서…… 주인이 다시 자길 찾아오기만을 기다리고 있을 수도 있단 얘기야."

"…아버지는 무엇이든 버리고 나면 다시는 찾지 않으세요."

이 와중에 참으로 잔인한 말이었지만, 그게 사실이었다.

"그러니 행여 무하가 우리를 따르지 않을 수도 있다는 염려는 접어 두어도 됩니다. 내가 설득하겠어요."

"핫, 당신이 어떻게 말입니까?"

망각의 지대에 들어서기 전까지만 해도 '그리아'라 칭하며 나름 서글서글하게 굴던 녀석이건만, 어느새 원수라도 된 듯 그녀를 향해 눈을 치켜떴다.

"신물이니 말을 잘하면……."

"알고는 있었지만, 진짜 상상 이상으로 아무것도 모르는 순진한 분이셨네."

듣기에 따라 여러 가지 의미로 해석될 수 있는 발언이었다. 그리고 지금의 알레그리아에겐 그 어떤 말보다 훨씬 아픈 독설로 다가왔다.

아버지에게 반기를 들기로 결정한 순간부터 그녀 뜻대로 되는 일이 거의 없었다. 천신으로 나고 자란 그녀가 한낱 인간인 이들보다 못난 데다, 모르는 것투성이였다.

에이단은 그런 알레그리아의 열등감을 건드린 것이다.

"어디 두고 보죠. 과연 무하라는 놈이 당신의 말을 들을지 어떨지. 아, 전 주인의 냄새를 알아보고 반가워서 달려들지도 모르겠네요."

마지막은 에이단답지 않게 빈정거리며 끝났다.

물론 에이단도 알레그리아에겐 아무런 죄가 없다는 것을 알고 있었으나, 그녀의 아비인 주신이 애꿎은 생명에게 상처를 줬다는 생각에 화가 나 저도 모르게 그리한 것이다. 기실 녀석의 분노가 엄한 대상에게 쏟아진 꼴이었다.

하나 일행 중 그 누구도 그에 관해 입을 열지 못했다. 안 그래도 다혈질인 녀석인데, 괜히 잘못 나섰다가 일만 더 커질 게 분명했기 때문이다. 알레그리아에게는 미안하지만, 이럴 땐 그저 조용히 있는 것이 상책이었다.

다소 침체된 분위기에 일라이가 얼른 화제를 돌렸다.

"할 일이 많네! 그럼 이제 뭐부터 할까?"

"그러게. 무하를 찾아가 봐야 하나? 아니면 저주 쪽 먼저?"

"찢어지는 건 어때?"

바율이 약간은 충동적으로 의견을 제시했다.

"지금 둘 다 만만찮게 중요한 일이니까."

이대로 무하가 자취를 감추면 언제 또 기회가 올지 몰랐다. 게다가 무하를 데려가려면 결국 초칸에게 내려진 저주를 풀어야 하는 것도 사실이었다.

"우리에겐 시간이 별로 없어. 주신에게 선수를 뺏기면 큰일이잖아."

가능한 한 알레그리아가 말한 천족이 신물을 가져오기 전에 무하를 얻는 편이 좋았다. 그러면 그제야 비로소 열두 개를 전부 손에 넣는 셈이었다.

"마족은 나랑 데스가 알아서 할 테니, 신물은 너희가 맡아."

"아무래도 그편이 낫겠죠?"

"어떤 새끼인지 찾으면 연락하지."

발견한 순간 바로 그자의 목이 날아갈 것 같았지만, 바율은 가타부타 대답 없이 고개만 끄덕였다. 부디 알레그리아의 말처럼 마족의 짓이기를 바랐다. 그래야 마황과 데스가 손쉽게 해결할 수 있을 테니 말이다.

"저, 저기! 나도 갈래요! 나도 그쪽 따라갈게요!"

바닥에 주저앉아 있던 제이콥이 벌떡 일어서며 소리친 건 그때였다. 마족에 천족에, 심지어 주신까지 마구 거론되었다. 이젠 아예 그들이 누구인지, 왜 왔는지에 대해 이해하기를 포기한 그는 무작정 마황과 데스 옆으로 달려가 섰다.

"솔직히 뭔 소리인지 하나도 모르겠는데요. 우리 초칸들의 저주를 풀어 주시겠다는 건 맞죠?"

"어, 그럴 거야."

"그, 그게 정말 가능합니까? 진짜로 할 수 있어요?"

"그럼, 가짜로 해?"

"리타의 음식도 포기하고 여기까지 오게 만든 새끼를 내가 가만둘 것 같아?"

분명 저주가 데스의 발걸음을 옮기게 한 것은 아니었음에도, 애먼 화풀이 대상이 하나 더 늘었다.

붉게 일렁이는 데스의 눈빛에 제이콥이 무심결에 한 걸음 물러서며 꼴깍 침을 삼켰다. 눈을 맞추기만 했을 뿐이거늘, 순간 잡아먹히는 줄 알았다.

"놈이 누군지만 알면 그깟 저주쯤은 쉽게 풀 수 있으니까, 넌 저쪽으로 가. 무하가 어떻게 생겼는지 아는 건 너뿐이잖아."

"시, 싫어요!"

"……?"

제이콥의 느닷없는 반항에 마황은 황당함을 감추지 못했다. 오죽하면 그는 자신의 청력마저 의심했다.

"이게 지금 뭐라는 거야? 싫어?"

"둘이 제일 강하잖아요!"

"…강하다니?"

"독이 든 열매를 따 먹고도 아무렇지도 않은 건 두 분뿐이질 않습니까. 기왕이면 저도 안전한 쪽에 붙겠다는……뭐, 그런 뜻입니다."

"호오…… 그런 거였어? 아주 틀린 얘기는 아닌데……사실 저기라고 또 약한 건 아니거든?"

마황의 입꼬리가 실룩거렸다. 제이콥의 말에 기분이 좋아진 게 분명했다.

"특히 저기 은발 머리. 저 녀석이 화나면 망각의 지대 자체가 통으로 사라질 수도 있어. 뭐, 나도 그 정도는 거뜬하긴 한데, 그러면 도마뱀들이 아주 지랄을 해 대겠지."

마지막 말은 들리지도 않았다. 어느새 바율을 향한 제이콥의 커다란 동공에는 의혹이 서렸다.

조금 전 저 소년에게서 저도 모르게 기이한 안도감을 받긴 했지만, 그렇다고 이들보다 강한 기운은 절대 느껴지지 않았다. 아니, 오히려 일행 중에서도 가장 약골 같았다.

한데 이 밀림을 몽땅 날려 버릴 수도 있다고?

저 아이가?

말도 안 돼!

"너! 내가 좋게 봤는데, 알고 보니 바보였구나?"

그때 템페스타가 제이콥에게로 날아와 버럭 소리쳤다.

"우리 바율을 두고 굳이 이런 식충이들을 따라가겠다니! 흥, 가다가 확 코나 깨져라!"

"이게 지금 누구보고 식충이래?"

"죽고 싶냐?"

마황과 데스가 눈알을 부라리자 템페스타가 지지 않고 맞받아쳤다.

"리타가 그러던데?"

"…리타가?"

"그래! 밥만 축내는 식충이들이라고, 내가 분명 들었거든?"

사실 그건 꽤 오래전에 한 말이었지만, 템페스타는 구태여 그거까지 전하진 않았다. 충격으로 일그러진 두 마족의 얼굴을 통쾌하다는 듯 내려다본 녀석이 이겼다는 양 기분 좋게 어깨를 으쓱거렸다.

"템페스타, 그만하고 안내해 줘."

"응, 바율!"

녀석이 허튼소리를 더 하기 전에 마족들과 떼어 놓아야 할 필요성이 있었다. 바율이 부탁하자 템페스타가 발랄하게 대꾸하며 하늘로 솟구쳤다.

"가자."

"미우우!"

에이단의 모자 안쪽에서 자고 있던 잉그리드가 어느새 일어나 몸체를 크게 부풀렸다.

"으악!"

제이콥은 갑자기 등장한 거조를 보고 비명을 지르며 다시금 엉덩방아를 찧었다. 그러거나 말거나 일행은 재빨리 잉그리드의 등에 올라탔다.

"난 따로 갈게."

"나도."

잉그리드가 이륙하기 직전, 바율과 일라이가 먼저 출발했다. 알레그리아도 신세를 지기 싫었는지 말없이 날아올랐다.

"⋯⋯!"

제이콥은 눈을 꾹 감은 채 머리를 양옆으로 세차게 흔들었다. 하지만 다시 눈을 뜨고 보아도 눈앞의 전경은 전혀 바뀌지 않았다.

정체를 알 수 없는 거조도 거조지만, 사람이 어찌 저리 허공을 막 날아다닐 수 있단 말인가?

아, 인간이 아니라고 했지.

그러나 제아무리 인간이 아니어도 그렇지, 이건 정말이지 그의 상식 밖이었다.

"그럼 우리도 가 볼까?"

"이건 어쩌고?"

데스가 턱으로 제이콥을 가리키자 마황의 안면에 귀찮은 기색이 떠올랐다. 하나 그렇다고 여기에 혼자 두고 갈 수도 없는 노릇이었다.

"내가 알아서 할게. 넌 동쪽, 난 서쪽. 됐지?"

"어."

대답과 동시에 데스가 사라졌다. 마황 역시 간발의 차이로 자리에서 모습을 감췄다. 그런 그의 한 손은 제이콥의 목덜미를 쥔 채였다.

Chapter 3.
장난질의 최후

1.

템페스타가 일행을 데려간 곳은 밀림의 입구에서 상당히 떨어져 있었다. 녀석은 무하를 어떻게 찾았냐는 바율의 질문에 여기만 이상하리만치 주위가 고요했다고 대꾸했다.

시끄러운 풀벌레 소리도, 짐승들이 오가는 기척도 전혀 없어서 오히려 수상했다는 것이다.

"템페스타도 똑똑할 때가 있었네."

친구들의 칭찬 같지 않은 칭찬에도 녀석은 기분이 좋기만 한지 목적지에 도착할 때까지 연신 키들거렸다. 그러던 녀석에게서 웃음기가 사라진 건 순식간이었다.

"어라? 어디로 갔지?"

일행은 일단 작은 공터에 내려섰다. 그리고 저마다의 방식으로 재빨리 주변을 훑었다. 그러나 바율의 예민한 감각에도 별다른 특이점이 보이지 않았다.

"템페스타, 여기 맞아?"

"응, 잠깐만. 다시 돌아보고 올게."

멀리 가지 않았다면 금방 추적할 수 있었다. 템페스타가 획 날아가자 바율은 속으로 셰임을 불렀다.

'셰임, 이 근처를 훑어 주세요.'

이곳으로 날아오는 동안 바율은 나머지 정령들에게 저주의 원인을 찾는 일을 도와 달라고 했다. 워낙에 땅덩이가 넓은 곳이니 조금이나마 시간을 단축해 보려는 의도였다.

하지만 지금은 셰임의 도움이 필요해졌다. 위치가 좁혀졌으니 어쩌면 땅의 정령인 그에게 더 유리한 상황일지도 몰랐다.

셰임이 응답하며 모습을 드러내는 순간이었다.

"얘들아, 방금 그 소리 들었어?"

에이단은 두 눈을 홉뜨며 발작하듯 말했다.

"기다렸대! 역시 내 짐작이 맞았어. 무하는 주인을 기다리고 있었어!"

"뭔 소리야, 그게? 너희는 뭐 들리는 거 있어?"

"아니."

일라이의 물음에 바율과 친구들은 전부 고개를 저었다. 이언과 알레그리아 역시 어리둥절한 기색이었다.

"…이게 안 들린다고?"

그러자 당황한 건 오히려 에이단이었다. 녀석에겐 너무나 선명하게 들려왔기 때문이다.

고막을 울리는 낮은 중저음의 목소리.

그는 아주 오랜 시간을 홀로 외롭게 기다렸다며 투정을 부리고 있었다.

"근데…… 왜 드디어 주인이 왔다고 하는 거지?"

무하는 분명 주신이 키우던 반려동물이라고 했다. 한데 그런 녀석이 어째서 자신들의 등장에 반가워하는 것일까.

"주인이 왔다니?"

"에이단, 너 설마 지금 무하가 말하는 소리가 들리는 거야?"

그들 주변에 짐승이라곤 여전히 그림자도 비치지 않았다. 하지만 친구들은 묘한 기대감을 안고 에이단에게로 몰려들었다. 녀석은 테이머이니만큼 자신들과는 달리 무언가를 들었다고 여긴 것이다.

"이런 경우는 처음이야."

한데 어째선지 당사자인 에이단은 혼란스러운 얼굴이었다.

"눈에 보이지도 않는 동물의 음성이 어떻게 들리는 거지?"

손을 들어 양쪽 귀를 막아 보았으나, 소용없었다. 그리움과 원망이 절절 뒤섞인 소리가 계속해서 에이단의 머릿속에서 웅웅거렸다.

"…그걸 우리한테 묻는 거냐?"

"너도 모르는 걸 우리가 어떻게 안다고."

"목소리의 주인이 무하인 건 확실해?"

"이럴 줄 알았으면 아까 그 초칸을 억지로라도 데려올 걸 그랬어."

일라이가 작게 구시렁거릴 때였다.

"다들 조심해!"

별안간 거대한 기운이 일행을 향해 몰아쳤다. 형체 없는 그 힘에 의해 대지가 진동하다 못해 엄청난 세기의 강풍마저 불어 닥쳤다.

일라이가 쉴드 마법을 급히 펼쳤기 망정이지, 하마터면 전부 바람에 쓸려 날아갈 뻔했다.

두근두근.

'뭐지?'

바율은 이상한 느낌에 제 가슴을 부여잡았다. 까닭 모를 통증과 더불어 숨이 엇박자를 타기 시작했다.

처음엔 지진이라도 난 건가 싶었지만, 아니었다. 이건 그저 땅이 울리는 현상이었다. 알 수 없는 무언가가 이곳을 향해 전속력으로 달려오고 있었다.

"얘들아! 저, 저기!"

라나사가 비명이라도 지르듯 공터의 한쪽을 차지하고 있던 거대한 바위 위를 가리키며 외쳤다. 그와 동시에 어느새 다시 작아진 잉그리드가 삐욕거리며 공중으로 날아올랐다.

"…저게 무하인가?"

고개를 뒤로 한껏 젖혀야 보일 만큼 높게 솟은 바위였다. 언제부터인지 모르겠으나, 그곳의 끝에서 시커먼 짐승 한 마리가 밑을 내려다보고 있었다. 까마득한 거리 탓에 크기를 제대로 가늠할 수는 없었지만, 강렬한 눈빛이 한순간에 바율을 사로잡았다.

심장이 다시금 요동쳤다.

문득 눈물이 주룩 흘러내렸다. 바율은 스스로가 울고 있다는 사실도 자각하지 못했다. 그저 말로는 형용할 수 없는 감정이 북받치며 그의 신형이 흔들렸다.

타핫!

짐승이 뛰어내린 것은 그때였다. 네 발로 서고 있던 곳을 박찬 녀석이 크게 도약했다. 일행의 시선이 마치 홀린 듯 그 움직임을 따라갔다.

"크다⋯⋯."

가뿐하게 땅으로 내려선 짐승의 몸체는 황소처럼 덩치가 우람했다. 목덜미에 난 갈기 때문인지 생김새는 언뜻 사자 같기도 했으나, 온몸을 뒤덮고 있는 털은 밤하늘만큼이나 새까맸다.

무엇보다 특이한 건 녀석의 눈동자였다.

각기 금색과 은색으로 선명하게 다른 빛을 뿜어내는 오드 아이. 그 신비스러운 모습에 일행은 좀처럼 눈길을 떼지 못했다.

굳이 누굴 붙잡고 물어볼 필요도 없었다.

눈앞의 이 검은 짐승이 바로 그들이 찾던 태고의 신물 무하였다. 마주한 순간 그냥 알 수 있었다. 등장만으로 이런 위압감을 풍길 수 있는 동물이 세상에 또 있을 리 없었다.

과연 밀림의 주인이라는 별명은 괜히 붙은 게 아니었다. 무하는 존재만으로 분위기를 압도하는 무언가가 있었다.

터벅터벅.

녀석이 느릿하게 움직였다. 체격만큼이나 커다란 발이 지면에 꾹꾹 흔적을 남겼다.

그런 무하가 움직이는 방향의 끝에는 바율이 있었다. 녀석의 오드 아이는 처음부터 시종일관 바율에게만 고정되어 떨어질 줄 몰랐다.

그나마 다행이라면 다행이랄지, 적의라고는 전혀 느껴지지 않는 눈빛이었다. 아니, 오히려 반가워하는 듯한 기색이었다.

"어엇!"

하지만 너무 방심한 걸까?

천천히 접근하던 녀석이 어느 순간 잽싸게 몸을 날렸다. 거대한 몸체가 삽시간에 바율을 덮치자 다들 외마디 소리를 질렀다.

"바율!"

"도련님!"

바율에게서 녀석을 떼어 놓기 위해 모두가 달려들려던 참이었다. 하나 그들은 곧 약속이라도 한 양 일제히 행동을 멈추었다.

그도 그럴 것이, 무하가 갑자기 미친 듯이 꼬리를 흔들며 바율을 핥아 댔기 때문이다. 흡사 어리광을 부리듯 낑낑거리며 좋아서 어쩔 줄 몰라 하는 녀석의 모습은 꼭 오랜만에 바율을 만난 재스퍼 같았다.

바율은 어느덧 녀석의 힘을 이기지 못하고 흙바닥을 이리저리 굴러다니고 있었다. 그런 바율에게선 웃음소리가 연이어 흘러나왔다.

"바율……?"

이상함을 제일 먼저 발견한 건 퀸이었다.

그가 바율을 살피기 위해 다가가려 했으나 녹록지가 않았다. 커다란 덩치가 쉴 새 없이 시야를 가려 대는 통에 바율을 제대로 볼 수조차 없었다.

"지금 저거…… 바율 아니지?"

로건 역시 인상을 찡그리며 친구들에게 물었다. 그러자 일라이와 라나사도 고개를 끄덕이며 각기 비슷한 표정들을 지었다.

"그런 것 같아."

"또 나타난 모양이네."

"이번에는 전대 정령왕 중에 누구이려나."

주신이 키우다 버렸다던 동물이 왜 저렇게 바율을 반가워하는지는 아직 모르겠지만, 일단은 안심이었다. 함께 가자고 힘겹게 설득할 필요가 없어졌으니 말이다.

처음 바율의 몸을 통해 전대 정령왕들이 현신할 때만 해도 깜짝깜짝 놀라곤 했으나, 몇 번 봤다고 이제는 그것도 제법 익숙해졌다.

그들은 이제 아예 팔짱까지 끼고 바율과 무하의 상봉을 지켜보았다.

"근데 얘는 또 왜 이러냐?"

"야! 에이단!"

"어, 어?"

일라이가 팔뚝을 툭 치자 그제야 무하의 등장 이후 줄곧 멍해 보이던 에이단이 정신을 차리며 고개를 들었다.

"갑자기 뭔데?"

"무하가 또 뭐라고 해?"

그러나 에이단은 친구들의 물음에 답하는 대신 돌연 알레그리아를 찾았다. 갑작스러운 그 눈길에 그녀가 영문을 몰라 하자, 녀석이 불쑥 물었다.

"왜 거짓말했어요?"

"…거짓말이라니요?"

"당신 아버지가 키우던 반려동물이었다면서요."

"그래요. 그게 어쨌다는 거죠?"

"보고도 모르겠습니까?"

에이단의 얼굴에 서서히 노기가 들어찼다.

"무하는 본래 주신이 아니라 땅의 정령왕이 키우던 녀석이에요. 그런 아이를 정령계가 멸망한 뒤 당신 아버지인 주신이 억지로 데려간 거였고요!"

"헐, 그게 진짜야?"

"그래서 저렇게 바율을 보고 좋아하는 거였구나!"

"그는 무하를 억지로 주인과 떼어 놓은 것도 모자라서,

마구 학대하고 결국엔 버리기까지 했어. 자기 말을 듣지 않는다는 이유로."

무하의 사념이 마치 흐르는 물처럼 에이단에게 끊임없이 스며들어 왔다.

지금은 옛 주인을 만나 이루 말할 수 없는 기쁨에 젖은 녀석이지만, 그런 한편 지난날의 끔찍했던 고통도 고스란히 느껴져 에이단은 저도 모르게 부들부들 몸이 떨릴 정도였다.

"죽기 직전까지 괴롭혔어."

"뭐라고?"

"아무래도 이사장님의 가설이 맞는 것 같아. 아니, 확실해."

에이단이 돌연 입꼬리를 말며 뜻 모를 말을 내뱉었다.

"주신이 무하를 왜 버린 건 줄 알아?"

"……?"

"죽일 수가 없었거든. 무참하게 짓밟아 댔지만, 그런데도 무하를 죽일 수는 없었어. 녀석은 태고의 신물이니까. 그로서도 어쩌지 못한 거지."

"태고의 신물을 만든 게 주신인데, 그 당사자가 어쩌지를 못했다고?"

"어."

"지금 네가 하는 그 말들, 혹시……."

"그래. 태고의 신물은 처음부터 주신이 만든 게 아니었던 거야. 그러니 없앨 수가 없었던 거지."

에이단의 단언에 친구들의 눈빛이 빠르게 오갔다. 녀석이 뜬금없이 라예가르를 거론한 이유를 그제야 알아차린 것이다.

이 세계의 모든 걸 만들었다는 주신이었다. 한데 정작 그에겐 태고의 신물인 무하를 죽일 힘이 없었다.

그건 바꿔 생각하면, 그보다 강하거나 더 높은 존재가 무하를 창조했다고 볼 수 있었다. 그렇기에 감히 주신의 힘으로도 어쩔 수가 없었으리라.

즉, 무하의 생존은 그들이 알던 주신 위에 또 다른 신이 존재한다는 라예가르의 가설을 뒷받침하는 결정적 증거였다.

"나는…… 몰랐습니다."

알레그리아의 안색이 눈에 띄게 창백해졌다. 왜 거짓말을 했냐며 몰아붙일 때는 언제고, 에이단이 그럴 줄 알았다는 양 그녀를 차갑게 일별했다.

"하지만 당신 아버지는 분명 알고 있었겠지. 자기 위의 또 다른 신의 존재에 대해."

"…아버지가 우리 모두를 속였다고 말하려는 건가요?"

"그러고 보니 당신 아버지, 태고의 신물에 대해 거론하는 걸 싫어한다고 했던 것 같은데. 그거 혹시 자기의 무능함을 들키고 싶지 않아서 그런 거 아니야?"

"세상을 창조한 게 정말 주신이 맞긴 해?"

이쯤 되자 일행은 절로 의문이 들 수밖에 없었다. 주신이 눈앞에 있다면 정녕 멱살을 붙들고 묻고 싶었다.

대체 여태 무슨 짓을 저질러 온 거냐고.

뭔 억하심정으로 이 세계를 망치려고 하는 건지, 그 속내를 듣고 싶었다.

그들끼리 이야기에 집중하는 사이, 바율이 마침내 옷에 묻은 흙을 털어 내며 일어섰다. 무하도 비로소 흥분이 좀 가라앉았는지 엉덩이를 바닥에 붙인 채 얌전해졌다.

"삐욕! 삐욕!"

"잉그리드?"

대신 잉그리드가 요란하게 울어 댔다. 무하를 본 순간부터 조금 이상하게 굴긴 했었다. 녀석의 재잘거림에 에이단의 눈이 점점 커졌다.

"왜, 잉그리드가 뭐라는 거냐?"

"무하를 알은체하는 것 같은데, 맞아?"

"…자기를 살려 줬대."

"뭐?"

"이제 기억이 났나 봐. 이 밀림에서 저를 구해 준 게 무하라고 하는데?"

연신 삐욕삐욕 울어 대며 제 주위를 맴도는 잉그리드를 따라 무하의 고개가 이리저리 움직였다. 그런 녀석의 머리를 바율이 다정하게 쓰다듬었다.

"바율 좀 봐. 지금 셰임이랑 같은 눈 색을 하고 있어."

언제부터였을까.

바율과 무하 곁에 셰임이 나란히 서 있었다. 과연 퀸의 말대로 바율의 눈동자와 셰임의 눈동자가 같은 색을 띠고 있었다.

"역시 땅의 정령왕이었어."

셰임처럼 부끄러움을 타는 것 같지는 않았지만, 말이 많지 않은 모습은 그와 비슷했다.

입가에 미소를 띤 채 따뜻하게 무하를 바라보는 모습이 어쩐지 일행의 가슴을 뭉클하게 했다. 한편으로는 수천 년의 세월이 흘렀어도 서로를 기억하는 모습이 놀랍기도 했다.

"근데 무하가 어떻게 잉그리드를 구해 준 거래?"

"잉그리드는 변신수의 새끼잖아. 그럼 마계에서 여기로 넘어온 걸 텐데, 정말 초칸에게 저주를 건 게 마족의 짓인 건가?"

"어떤 간 큰 마족이 그런 거지?"

마황과 데스의 기세로 보건대, 걸리면 아마 살아남는 건 불가능할 터였다.

"그 개자식이 누군지 궁금해?"

느닷없이 데스의 목소리가 들린 것은 그때였다. 이어 갈색 로브를 걸친 누군가가 바닥에 내동댕이쳐졌다.

"갑자기 나타나서 이게 무슨 짓이야!"

바람에 로브가 벗겨지며 의문의 얼굴이 드러났다.

"……!"

흉측한 생김새에 일행은 저들도 모르게 눈살을 찌푸렸다. 그들은 알아볼 수 없었지만, 그는 바로 데스와 철천지원수 사이인 죽음의 신, 모르스였다.

모르스는 이를 갈며 재빨리 후드를 다시 뒤집어썼다.

이 망할 자식이 별안간 망각의 지대에는 왜 나타났는지 당최 이해가 가질 않았다.

인간의 요리에 미쳐 캐링스턴인지 어디인지 하는 곳에 처박혀 있어야 할 놈이 아니었던가.

마황까지 그에 휩쓸려 국정을 등한시하는 통에 요즘 마계는 그야말로 난장판이 따로 없었다. 얼마 전 느닷없이 돌아와 어느 정도 정리를 좀 하긴 했다만, 그것도 잠시뿐. 이후 그의 공석이 알려지면서 다시금 설치는 무리가 생겨났다.

'데스페라티오……!'

데스를 향한 모르스의 눈에 증오가 어렸다.

인정하고 싶지 않았으나, 모든 건 다 이 천것 출신이 자리를 비웠기에 발생한 일이었다.

매사에 무관심하다가도, 뭔가 한번 심사가 뒤틀리면 상대가 누구든 봐주질 않는 무자비한 성격의 소유자가 눈앞의 놈이었다.

그런 그에게 잘못 걸렸다간 대마족이든 누구든 그대로 삶과 안녕을 고해야 했기에, 마계 총사령관인 그가 있을 땐 그래도 크게 사고를 치는 마족들이 없었다.

어이없게도 마계를 다스리는 마황보다 더 큰 공포심을 불러일으키는 존재가 바로 이놈인 것이다.

대마족의 피를 이은 자신보다 훨씬 강력한 마기를 갖고 태어난 돌연변이 새끼.

모르스는 데스를 마주하는 것만으로도 혐오와 살의가 들끓었다.

"네놈이야말로 여기에다 무슨 짓거리를 한 건지 묻고 싶은데."

데스의 음성이 어느 때보다 낮게 깔렸다. 그건 기분이 썩 좋지 않다는 방증이었다. 실제로 그는 현재 대단한 인내심을 발휘하는 중이었다.

"…내가 뭘 어쨌다는 거지?"

모르스는 내심 당황했지만, 일단 모른 척 발뺌부터 했다.

"초칸들에게 저주 건 거, 너잖아."

"…무슨 저주?"

"이유가 뭐야? 그딴 시답잖은 장난질은 왜 한 건데."

"무슨 소리인지 도통 알 수가 없군."

로브에 가려진 그의 등에 한 줄기 식은땀이 흘러내렸다.

이 망할 놈이 그걸 어떻게 알았지?

오싹한 느낌에 순간 팔에 소름마저 돋았다.

"망각의 지대를 벗어나면 죽는 저주 말이야. 내가 어울리지 않게 친히 설명까지 해 줬는데, 아직도 모르시겠다?"

데스가 위를 향해 입으로 후 바람을 가볍게 한번 불자 그의 앞머리가 들썩거렸다. 아무것도 아닌 그 행위에 모르스는 물론이고, 지켜보고 있던 일행들까지 가슴이 덜컥했다.

"맞아. 내가 너무 나답지 않은 짓을 했어. 그렇지?"

이제껏 차가운 표정으로 굳어 있던 그가 돌연 하얀 이를 드러내며 씩 웃었다.

"언제부터 이유 따위를 궁금해했다고."

그는 단 한 번도 사고를 친 마족에게 네가 무슨 죄를 지은 줄 아느냐고 묻거나 왜 그랬냐고 추궁한 적이 없었다.

그저 걸리적거리니 치워 버리겠다는 태도로 일관한 게 바로 데스였다.

"크흡!"

"풀어."

모르스의 신음과 데스의 명령이 거의 동시에 들려왔다. 일행들로서는 그가 언제 움직였는지 제대로 보지도 못했다. 한데 눈을 한 번 깜박이고 나자 어느새 데스의 한 손이 모르스의 목줄을 틀어쥐고 있었다.

투둑. 투둑.

창백하리만치 하얗던 손등에 굵은 핏줄이 돋아났다. 다섯 개의 손톱 또한 날카로운 예기를 번뜩이며 올가미처럼 모르스의 피부를 파고들었다.

그러자 얼굴을 가리기 위해 눌러썼던 후드가 자연스레 흘러내렸다.

모르스는 제 목에서 느껴지는 통증보다 얼굴이 노출된 데 대한 수치스러움이 더 큰지, 데스에게 목줄이 잡힌 와중에도 어떻게든 후드를 뒤집어쓰려 버둥거렸다.

"왜, 새삼스럽게 지 얼굴이 창피한가 보네?"

데스가 그걸 알아채고 비아냥거리자 모르스의 안색이 시뻘겋게 변했다.

"네놈의 그 쓸데없는 저주 때문에 내 귀중한 시간이 얼마나 낭비된 줄 알아?"

"…그건 또 무슨, 큭! 개소리야?"

모르스는 사납게 받아쳤다. 녀석의 손아귀를 벗어나기 위해 마기를 있는 대로 끌어모았지만, 역시나 놈에게는 통하지 않았다.

"그 저주만 아니면 이미 진작에 볼일을 다 끝내고 돌아갔겠지. 그리고 지금쯤 리타가 차려 준 맛있는 음식을 먹고 있었을 거란 뜻이다."

양념이 잘 밴 리타의 고기 요리를 떠올리자 데스의 눈동자가 돌연 핏빛으로 물들었다. 그는 당장이라도 놈의 모가지를 비틀어 버리고 싶었다.

하나 그러기엔 저주가 문제였다. 대마족의 저주는 당사자가 풀어야 별다른 부작용이 없었다. 그렇기에 아직은 죽일 수 없었다.

"미친놈…… 또 그놈의 음식 타령이냐?"

모르스는 정말이지 기가 찼다.

"한낱 인간의 요리에 현혹되어 마계의 총사령관이라는 자가, 크윽! 채신머리없이 하인 짓이나 하고 있다니. 역시 천것 출신은 어쩔 수가 없군!"

"그래, 명줄이 붙어 있을 때 어디 한번 마음껏 지껄여
봐. 저주가 사라지고 나면 아주 제대로 후회하게 될 테니."

데스의 서늘한 경고에 모르스의 머릿속이 복잡하게 돌아
갔다.

놈은 이미 제정신이 아니었다. 연유는 몰라도, 정녕 자신
을 해치고도 남을 태세였다.

하긴, 언제는 안 그랬는가.

곁에 마황이라도 있었다면 말려 주었을 텐데, 오늘은 놈
이 폭주해도 막을 이가 아무도 없다는 게 그를 더욱 초조하
게 만들었다.

"…저주를 풀면. 날 놔주기는 할 거고?"

"그럴 리가."

데스는 한 치의 망설임도 없이 뻔뻔하게 웃으며 제 손에
의해 대롱거리는 상대를 노려보았다.

"무식하게 힘만 센 새끼!"

모르스는 절로 욕이 튀어나왔다. 이러나저러나 저를 죽
이겠다는 얘기였다. 빠져나갈 방도를 어떻게든 마련해야
했다.

그때였다.

"그거, 설마 나한테 하는 말은 아니지?"

그의 염원이 하늘에 닿기라도 한 걸까.

때마침 들려온 구원의 목소리에 모르스의 낯빛이 눈에 띄게 밝아졌다.

"폐하!"

제이콥을 데리고 서쪽으로 탐방을 나갔던 크루델리스가 돌아온 것이다.

툭.

마황이 손을 놓자 제이콥이 스윽 바닥으로 미끄러지듯 쓰러졌다. 대체 무슨 짓을 한 건지, 그는 기절한 상태였다.

"죽은 거 아니니까 그런 눈들 할 것 없어. 그냥 좀 놀란 것뿐이야."

쏠리는 시선을 의식한 건지, 마황이 묻지도 않은 해명을 꺼냈다.

"그 검은 짐승이 신물이라는 그놈인가 보지?"

무하는 여전히 바율 옆에 얌전히 궁둥이를 붙이고 있었다. 크루델리스는 그런 녀석을 잠시 눈여겨 살피더니, 이내 모르스에게로 다가갔다. 우선은 이쪽 일이 더 시급했기에.

"폐하! 이곳엔 어쩐 일…… 크악!"

반가움은 찰나였다. 예고도 없이 날아온 마황의 발길질에 모르스가 그대로 지면을 데굴데굴 굴렀다.

곧 어딘가에 부딪혀 이동을 멈춘 그는 가벼운 발차기인 줄 알고 일어서다 돌연 허리를 굽히며 피를 토했다.

"폐, 폐하……!"

하지만 그런 모르스를 덮친 건 고통보다 더한 놀람이었다. 제가 모시는 마계의 황제는 꽤 이성적인 존재였기에, 아무리 본인의 형제와 으르렁거린다 한들 자신을 이런 식으로 대한 적이 한 번도 없었다.

"왜 그런 눈으로 보는데? 나한테 맞은 게 억울해?"

"그, 그런 것이 아니오라……."

"그러고 보니 내가 네놈에겐 손을 댄 적이 없었지, 아마?"

마황의 은백색 눈동자가 광기로 번뜩였다.

"그게 여태 네놈이 예뻐서 봐준 줄 알았더냐?"

"폐하, 신은……."

"네놈의 아비 때문이다. 내가 내 아버지를 내 손으로 죽이던 날, 그자가 날 도왔거든."

처음 듣는 사실에 모르스가 경악하며 입술만 벙긋댔다. 그러자 마황이 한심하다는 듯 그를 쳐다보았다.

"그래서 좀 기어올라도 좋게 좋게 풀어 줬더니만, 감히 겁대가리도 없이 이딴 짓을 벌여?"

문득 마황이 선 자리에서부터 땅이 얼어붙기 시작했다.

가만히만 있어도 땀이 비 오듯 쏟아지는 열기와 꿉꿉한 습기로 가득한 밀림의 한복판에 별안간 한기가 몰아쳤다.

쑤아앙.

눈보라가 날리며 일대가 순식간에 새하얀 세상으로 뒤바뀌었다. 매서운 추위는 덤이었다. 이제까지 그들이 알던 인물과 동일인이라고는 믿기 힘들 만큼 강한 분노가 마황에게서 뻗어 나왔다.

"마계의 대마족이란 놈이 할 짓이 그리 없었더냐!"

크루델리스가 손을 뻗자, 마치 자석에 이끌리듯 모르스의 몸뚱이가 허공을 날아 그의 앞에 떨어져 내렸다. 그는 곧 데스가 그랬듯 놈의 목을 부러뜨릴 양 손가락에 힘을 주었다.

"거기까지만 해."

만약 데스가 아니었다면 모르스는 이미 생을 달리하고도 남았을 것이다. 기실 그건 데스 또한 누구보다 바라는 바였지만, 그나마 한 줌 남은 그의 이성이 이곳의 저주를 풀어야 한다고 속삭였다.

"저주는 당사자가 풀어야 해. 그래야 부작용이 안 생겨. 알잖아."

"아, 저주."

그제야 정신이 좀 든 건지, 크루델리스의 기운이 멈췄다.

그러나 그는 무언가 고민하는 듯한 기색으로 잠시 침묵하다 스치듯 내뱉었다.

"약간의 부작용쯤은 괜찮지 않나?"

"아닐걸."

데스가 제 형에게 보라는 듯 턱짓했다. 그가 가리키는 곳에는 일행이 있었다. 개중 바율은 이미 고개를 젓고 있었다.

"어떤 부작용도 있어선 안 됩니다."

그새 바율의 눈동자 색은 원래대로 돌아와 있었다. 그럼에도 무하는 바율이 원래 제 주인인 양 곁에 붙어 떨어지지 않았고, 바율 역시 무하의 머리에서 손길을 거두지 않았다.

"그 부작용으로 인해 애꿎은 이들이 피해를 보게 할 수는 없어요."

돌아가는 정황상, 저주를 건 장본인이 풀어야만 탈이 없는 듯했다. 바율은 일말의 위험도 남기고 싶지 않았다.

"깐깐하기는."

마황은 투덜거리며 모르스를 내팽개쳤다.

"들었지?"

그리곤 가볍게 명령했다.

"전부 정상으로 돌려놔. 네 죗값은 그 후에 묻도록 하겠다."

"저, 저를 정녕 죽이겠다는 말씀입니까?"

"어."

더듬거리며 묻는 수하에게 마황은 여상하게 대꾸했다. 하나 말투와 달리 그 음성에는 여전히 서릿발 같은 격노가 담겨 있었다.

옛 연인 다프네그란데와의 만남으로 심경에 여러 변화가 있는 탓이었지만, 모르스의 입장에선 마황이 어째서 이토록 대로하는지 알 길이 없었다.

이러다 정말 죽을 수도 있겠구나.

마황도 데스도 그가 상대할 수 있는 수준의 인물이 아니었다. 입술을 깨문 모르스는 어떻게든 이 난관을 헤쳐나가기 위해 빠르게 장내를 훑었다.

'저 인간 소년……!'

그러다 문득 마황에게 다부지게 말하던 바율이 그의 시야에 잡혔다.

저 소년의 한마디에 제 주군이 생각을 달리했다.

반드시 저주를 자신이 풀어야 한다고 똑 부러지게 말하던 소년.

'어쩌면 내가 살 길이 저 인간 소년에게 있을지도 모른다.'

모르스는 도박을 강행했다.

"그냥 죽이십시오."

"…무어라? 정녕 미친 거냐?"

"이러나저러나 어차피 죽을 건데, 제가 왜 굳이 폐하의 명을 따라야 합니까? 개죽음을 눈앞에 둔 마지막 객기라고 여기십시오. 저주는 데스 놈과 알아서 푸시고요."

모르스가 이리 나올 줄 몰랐던 마황은 어처구니가 없어 잠시 할 말을 잃었다. 반면 데스는 '그래?' 하고는 피식 웃었다. 마치 그런 말을 기다렸다는 양.

"굳이 원한다면야 어려운 부탁은 아니지."

짙은 살기와 함께 그의 손톱이 더욱 길어졌다. 긴장으로 모르스의 숨이 턱 막히는 순간.

"데스, 물러나세요."

그 둘 사이로 어느 틈엔가 바율이 끼어들었다.

"이자는 제가 상대하겠습니다."

흔들림 없는 바율의 두 눈이 모르스를 곧게 응시했다.

"당신이었군요."

"……?"

바율이 나서는 걸 보고 내심 쾌재를 부르고 있던 모르스였다. 그런 그가 뜻 모를 말에 미간을 오므리자, 바율이 손가락으로 상대의 로브 앞자락을 가리켰다.

거기엔 결코 잊을 수 없는 문양이 그려져 있었다.

검은 나뭇잎 속에 로브를 뒤집어쓴 해골의 모습.

그건 과거 자신을 죽이려 했던, 아니 죽였었던 자의 가슴에 새겨진 문신과 일치했다.

기억이 선연히 떠올랐다.

그 문신에 피를 바른 뒤 돌연 엄청난 괴력을 발휘했던 반다인. 그로 인해 바율은 물론이거니와, 많은 기사와 병사들이 죽었다. 부상자들의 수는 말할 것도 없었다.

뿐인가.

죽은 저를 살리겠다고 퀸이 스스로 목숨을 버렸었다. 다행히 태고의 신물 덕에 다시 살아나긴 했지만, 깨어났을 당시 바율이 받았던 충격과 고통은 감히 어떤 말로도 다 표현할 수 없었다.

'뭐, 뭐야?'

차게 식은 바율의 눈빛을 마주하자 모르스는 어쩐지 등골이 서늘했다. 고작 인간 소년일 뿐인데 어째서 대마족인 그가 움츠러드는 건지 좀처럼 이해하기 힘들었다.

"죽음의 신, 모르스."

바율의 입에서 갑작스럽게 흘러나온 자신의 이름에 모르스의 동공이 커졌다. 마치 네가 나를 어떻게 아느냐는 듯.

"예전에 아몬에게 물어봤었거든요. 반다인이 계약한 마족이 누구인지 궁금해서."

그땐 그저 단순한 호기심이었다. 데스와 사이가 안 좋다던 말을 들었기에, 살면서 만날 일이라곤 없을 거라 여겼다.

그러나 운명은 기어이 그를 바율 앞으로 데려왔다.

"누군가의 죽음이 당신에겐 힘이 되겠죠. 데스가 같은 이유로 절망을 거두듯이."

"…건방지게. 감히 날 저런 천것과 비교하는 거냐?"

"당신이 초칸들에게 저주를 건 이유, 이제야 알 것 같습니다."

"바율, 네가 그걸 안다고?"

"뭔데, 그게?"

모르스가 무어라 말을 꺼내기도 전, 마황과 데스가 먼저 놀란 기색으로 물었다.

"해마다 망각의 지대엔 수많은 모험가와 탐험가들이 방문합니다. 그들에겐 초칸이라 불리는 밀림의 토박이, 즉 안내인들이 꼭 필요하죠. 그래야 살아서 나갈 확률이 높아지니까."

"그건 우리도 아는 사실인데, 그게 뭐 어쨌다는 거지?"

"만약 이곳에 초칸이 없다면요?"

"응?"

"그 험난함으로 인해 망각의 지대라는 이름마저 붙었습

니다. 한데 그런 데에 안내자마저 없으면, 누가 굳이 이곳을 찾으려 할까요?"

"…아!"

"이들은 그저 미끼입니다. 더 많은 인간을 꾀어내기 위한."

바율이 핵심을 찔렀는지 모르스의 얼굴에 당혹감이 스쳤다.

이 어린놈이 제 정체를 알자마자 이런 추론까지 해내다니.

그는 진심으로 경악했다.

"인간의 죽음을 자연스럽게 포장하기 위해 이보다 더 적합한 장소가 또 있을까요? 여기라면 드래곤의 눈도 피할 수 있었을 테죠. 때마침 무하의 기운이 마기까지 상쇄시켜 주었으니, 이자에겐 그야말로 최고의 사냥터였을 겁니다."

"그럼 설마 그 소문도 다 이 미친 마족이 만들어 낸 건가? 인간을 사랑한 죽음의 신이, 불멸에 관한 비밀을 망각의 지대에 숨겨 놓았다는 거 말이야. 하! 처음부터 죄 없는 사람들을 죽이기 위한 꿍꿍이였어!"

격분한 일라이의 음성이 공터에 메아리쳤다. 본래도 마족이라면 치를 떨던 녀석이었다.

인간계를 마족으로부터 지켜야 하는 숙명을 타고난 드래곤들이 여태 이러한 사실을 몰랐다는 것도 분하지만, 놈이 그간 벌여 온 파렴치한 행태에 그는 큰 분노를 느꼈다.

"인간을 사랑해? 누가? 이놈이?"

데스가 진정 말도 안 되는 소릴 들었다는 양 헛웃음을 터뜨렸다.

"그딴 마족이 세상에 있을 리가. 마족이란 것들은 죄다 자기밖에 몰라."

"거기서 나는 제외해 주면 고맙겠군."

동생의 말을 가볍게 부정한 마황이 새삼스러운 얼굴로 모르스를 바라보았다.

"멍청한 줄로만 알았는데, 제법 머리를 굴리는 재주도 있었네. 그래서, 마력에 보탬은 좀 되었나?"

"폐, 폐하! 살려 주십시오! 신이 강해지고자 하는 욕심에 그만 작은 실수를 범하였습니다. 하지만 이, 이 정도는 마족이라면 누구나 다 하는 장난질에 불과하지 않습니까? 하니 부디 굽어살피시어……."

"지금 장난이라고 하셨습니까?"

바율의 목소리가 낮게 깔렸다. 표정엔 별다른 변화가 없었으나, 여태까지와는 한층 다른 싸늘한 분위기를 풍겼다.

그에 모르스는 기이한 기분에 휩싸였다. 형체 없는 무언가에 완전히 사로잡힌 것처럼, 왜인지 녀석에게서 눈을 뗄 수가 없었다.

"셀 수조차 없을 만큼 많은 이들이 죽었습니다. 오로지 당신의 욕망 때문에."

"그, 그건……."

"그 모든 걸 단순한 장난이라, 실수라 치부하다니…… 짐작은 했지만, 정말 구제 불능이로군요."

바율은 정령왕이 몸을 차지하지 않은 상황임에도 그답지 않게 살의가 끓어올랐다.

이 마족 하나 때문에 대체 얼마나 많은 목숨이 생을 달리했단 말인가.

불쌍하게 죽어 간 원혼들이 그의 귀에 대고 속삭이는 듯했다.

놈을 죽여 주세요.
우리의 억울함을 풀어 주세요.

하지만 바율은 그럴 생각이 없었다. 일전에 일라이가 칼리오페에게 그러했듯, 놈에게 죽음은 너무나 가벼운 형벌이었다.

"초칸에게 건 저주를 푸세요."

바율의 요구에 모르스가 흘끔거리며 마황과 데스의 눈치를 살폈다. 이후를 걱정하는 듯한 그 모습에 바율이 약조했다.

"그러면 죽이지 않겠습니다."

"…정말이냐?"

속으로는 네까짓 게 뭔데 감히 대마족인 나를 상대로 그런 광오한 말을 지껄이느냐고 받아치고 싶었다. 하나 마황과 데스가 녀석의 뒤에서 가만히 저를 지켜보고 있었다. 마치 이 인간 소년의 뜻을 존중하겠다는 듯이.

대체 무슨 재주로 마계의 최고 강자들을 구워삶았는지는 모르겠다만, 일단 개죽음을 면하게 되었으니 그로서는 나쁠 것이 없었다.

"저는 약속은 지킵니다."

바율이 단언하자 마황과 데스도 고개를 끄덕이며 그러겠노라 협조했다.

바율이 무슨 생각으로 모르스를 살려 주겠다고 하는 건지는 모르겠으나, 그들의 감이 말하였다. 차라리 지금 죽는 게 나을 수도 있을 거라고.

"알겠다. 저주를 풀도록 하지."

모르스로선 다른 방도가 없었다.

이대로 조금만 더 버티면 큰 성취가 있을 것이거늘, 그 기회가 허무하게 날아가게 생겼다. 입맛이 썼지만, 우선은 살아남는 게 먼저였다.

솔직한 마음 같아서는 무사히 보내 주겠다는 약조를 건 계약이라도 제안하고 싶었다. 그러나 이미 기분이 썩 좋지 않은 마황과 데스를 굳이 더 자극할 필요는 없었다. 그랬다간 정녕 지금 목이 날아갈 수도 있기에.

"저놈의 피가 조금 필요합니다."

모르스가 기절해 있는 제이콥을 가리키며 마황에게 허락을 구했다. 그에 크루델리스가 눈짓하자 그가 바닥에 드러누워 있는 제이콥에게로 다가갔다.

행여 그가 허튼짓을 할까 싶었는지 친구들과 알레그리아, 이언까지 제이콥의 뒤로 가 지키듯 섰다.

그제야 모르스의 시선이 알레그리아에게 닿았다.

이제까지는 정신이 없어 눈치채지 못했으나, 분명 천족이었다.

'천족이 왜 여기에 있지?'

어리둥절한 모르스의 귓가로 마황과 데스의 날 선 음성이 나란히 들려왔다.

"네놈은 알 것 없어."

"엄한 데 관심 끄고 하던 거나 마저 해."

'염병.'

차마 겉으로는 내뱉을 수 없는 욕을 속으로 중얼거리며 모르스가 손을 뻗었다.

팟!

그의 로브 자락이 펄럭이는가 싶더니, 갑자기 제이콥의 목에서 핏줄기가 쑥 솟아올랐다. 분수처럼 솟구친 한 줄기의 피는 곧 모르스에게로 흡수되었다. 이어 그가 알 수 없는 언어로 무어라 연신 뇌까렸다.

"헙!"

기절해 있던 제이콥이 별안간 신음하며 눈을 뜬 것은 그로부터 얼마 지나지 않아서였다. 초점을 잃은 눈동자가 정신없이 흔들렸고, 몸이 벼락이라도 맞은 듯 부들부들 떨렸다.

그렇게 시간이 얼마나 지났을까.

"쿨럭! 쿨럭!"

반쯤 몸을 일으킨 제이콥이 돌연 기침을 해 댔다. 사레들린 듯 거칠게 쿨럭거리던 그의 입에서 어느 순간 핏덩이 같은 게 튀어나왔다.

끈적끈적한 질감의 그것은 흡사 생명체처럼 바닥을 이리저리 기다가 이내 기운을 잃고 스르르 사라졌다.

"제이콥, 괜찮아요?"

"이봐요, 눈 좀 떠 봐요!"

제이콥은 다시금 혼절했다. 친구들이 어깨를 잡고 흔들어 보았지만, 깨어날 기미가 전혀 보이지 않았다.

"저주가 풀린 충격의 여파 때문이다. 난 약속을 지켰다."

"그래요, 데스?"

"어. 피를 이용한 더러운 수법이었네."

바율은 대마족이 어떤 식으로 저주를 거는지, 혹은 푸는지에 대해 아는 바가 전혀 없었다. 하나 데스는 마계의 총사령관이었다.

그가 그렇다고 하니 그런 거겠지.

옆의 마황도 별말 없는 걸 보면 정녕 저주가 완전히 풀린 게 분명했다.

"그럼 이제 제가 약속을 지킬 차례로군요."

바율이 그렇게 말한 순간이었다. 사대 정령이 삽시간에 모르스를 둘러쌌다.

"…지금 이게 뭐 하는 짓이야?"

"당신이 보기엔 뭐 하는 것 같습니까?"

"이, 이 비열한 자식! 저주를 풀면 보내 주겠다고 했잖아!"

인간 소년에게 구차하게 굴기 싫었지만, 모르스는 저도

모르게 외쳤다.

"제가 그랬습니까?"

눈을 둥그렇게 뜨며 되묻는 바율을 모르스가 어처구니없다는 듯 바라보았다.

설마 제가 저 어린놈에게 속은 것인가?

하지만 그가 믿은 건 놈이 아니라 마황과 데스였다.

"폐하! 폐하께서도 틀림없이 이놈의 약조에 동의하시지 않으셨습니까? 설마 마계를 다스리는 폐하께서 신에게 거짓말을 하신 겝니까?"

"아니. 내가 또 그런 타입은 아니잖아?"

"하오면 이게 무슨……."

"저는 죽이지 않겠다고 했습니다."

"…뭐?"

제 말을 자르는 바율을 모르스가 황급히 돌아보았다. 그에 바율이 다시 한번 또박또박 말했다.

"죽이지 않겠다고 했지, 보내 준다고 말한 적은 없다는 뜻입니다."

"그게 무슨 개 같은 소리야? 안 보내 줄 거면, 네놈이 뭘 어떡할 건데?"

"약속을 지켜야지요."

바율의 얼굴에서 표정이 점점 지워졌다.

"참고로 지금이라도 죽여 달라 요청하시면 죽여 드리겠습니다."

가당치도 않은 말을 연이어 뱉어 내는 꼴이 갈수록 가관이었다. 그에 모르스가 바율을 보며 코웃음을 칠 때였다.

화라락!

별안간 그의 몸에서 불길이 치솟았다.

"고작 이따위 불로 날 태워 버릴 수 있다고 생각한 거냐?"

모르스도 정령들이 되살아났다는 건 알고 있었다. 그러나 그는 정령에 대해 무지했으며 관심도 없었다. 오로지 제 배를 채우기에만 급급했다.

"아직 시작도 안 했는데 무슨."

모르스의 몸에 불을 지핀 건 불의 상급 정령, 알레그로였다. 스피넬이 녀석에게 물러나라 명하더니 팔을 슥 휘저었다. 그러자 이제까지와는 차원이 다른 불길이 모르스의 전신을 휘감았다.

"으아아악!"

갑자기 미친 듯한 열기가 느껴지자 모르스는 비명과 함께 마기를 힘껏 끌어 올려 제 몸을 보호했다. 하지만 무슨 조화인지 좀처럼 불길에서 벗어날 수가 없었다.

"야, 야. 살살 좀 해! 그러다 죽겠다."

이노센트가 물을 뿌리자 타들어 가던 모르스의 몸뚱이에서 금세 새살이 돋아났다. 하지만 그것은 찰나였고, 놈의 몸은 이내 다시금 스피넬의 열기에 의해 녹아들었다.

"오호, 이러려던 거였어?"

크루델리스가 휘파람을 불며 흥미로운 기색으로 힐긋 시선을 돌렸다.

거기엔 평소의 자상함은 온데간데없고, 무표정한 얼굴로 모르스를 바라보고 선 바율이 있었다.

Chapter 4.
무하의 보답

1.

"어이, 그만 좀 일어나지?"

제이콥은 제 종아리를 누군가 툭툭 치는 느낌에 정신이 번쩍 들었다. 깨어난 그가 제일 먼저 한 행동은 손으로 제 몸을 더듬어 보는 일이었다.

"헉! 나 아직 살아 있는 거야?"

"살기만 했을까 봐? 저주도 풀렸어."

익숙한 듯 아닌 듯 들려온 목소리에 제이콥의 고개가 빠르게 돌아갔다. 여전히 바닥에 누운 상태였던 그는 마황을 발견하곤 비명을 지르며 몸을 움츠렸다.

"으아아아!"

"왜 저래?"

그 반응에 가장 황당한 건 당사자인 크루델리스였다.

"내가 뭘 어쨌다고 저렇게 경기를 일으켜?"

"그러니까. 우리 없는 사이에 뭔 짓이라도 한 거 아니야?"

데스가 의심스럽다는 듯 흘겨보자 마황이 억울해하며 항변했다.

"내가 하긴 뭘 해! 기껏 귀찮은 놈 데리고 여기저기 살펴봤구먼!"

"진짜 그게 다라고?"

"그렇다니까? 아까도 내려 달라고 고래고래 악을 쓰다가 제풀에 지쳐서 그냥 혼자 기절한 거야."

"오로지 정찰만 하셨다?"

"시간 없다면서. 그래서 최대한 빠르고 신속하게 움직였지."

그러니까 들은 바로 앞뒤를 맞춰 보면, 제이콥은 크루델리스에게 목덜미를 붙잡힌 채 허공을 대롱대롱 정신없이 왔다 갔다 했다는 뜻이었다.

첫 만남에서도 잠깐 떠 있긴 했었지만, 빠르고 신속했다는 걸로 보아 가만히 멈춰 있던 그때와는 비교할 수 없을 정도의 속도였으리라.

기절을 한 것도, 마황을 두려워하는 것도 충분히 납득 가능한 상황이었다.

"휴우."

마족 형제들의 대화를 듣고 있던 바율은 작게 한숨을 내쉬곤 제이콥에게로 걸어갔다.

"저기요, 제이콥 씨. 지금 어떤 심정일지 이해는 가는데요. 저희가……."

"다, 당신들! 대체 뭐야! 맹독을 먹고도 무사하질 않나, 다짜고짜 사람을 띄우고 돌아다니질 않나! 정체가 뭐냐고! 나, 나를 죽이진 않을 거지?"

"그야 당연히……."

"저주 풀어 준다면서! 희롱을 해도 유분수지, 장난이 너무 심한 거 아니야?"

제이콥은 일행을 무서워하고 경계하면서도 바락바락 소리쳤다.

솔직히 한번 죽을 뻔한 위기를 넘고 나니 눈에 뵈는 게 없었다. 이래 죽으나 저래 죽으나 어차피 죽을 거라면 최소한 할 말은 하고 가는 편이 나았다.

"내가 조금 전에 말했잖아. 그 저주, 풀렸다고."

"풀리기는 무슨, 말이 되는 소릴 해야지! 그럴 새도 없었거든? 내가 그딴 얄팍한 거짓말에 속을 것 같아?"

"이놈 보게? 그렇게 애원할 때는 언제고, 막상 풀어 주니까 믿지를 않네. 왜, 아쉬워? 내가 손수 다시 걸어 줘? 어디 제대로 한번 해 볼까?"

마황의 말투에서 슬슬 짜증이 배어 나왔다. 수하인 모르스가 한 짓이 걸려 이제껏 참고 있었건만, 마계의 황제인 자신이 한낱 수인족 혼혈 따위에게 이런 설명을 일일이 하고 있다는 것 자체가 상당히 거슬렸다.

그의 서슬 퍼런 기색을 읽었는지 제이콥이 입술을 깨물며 어깨를 웅송그렸다. 여기서 더 나갔다간 제 목숨이 정녕 위태로울 수 있음을 본능적으로 직감한 것이다. 아무리 죽을 것 같아도 진짜 위험한 순간엔 몸을 사리게 되는 법이었다.

"애한테 겁은 괜히 왜 줍니까? 완전 쪼그라들었잖아요."

일라이가 마황을 타박하곤 몸을 숙여 제이콥과 시선을 맞췄다. 별안간 잘생긴 얼굴이 시야에 쓱 들어오자 그의 목이 더욱 오그라들었다.

처음 봤을 때부터 느낀 거지만, 놀라울 정도로 아름답게 생긴 소년이었다. 하나같이 수려한 외모를 자랑하는 일행 중에서도 단연 눈앞의 이 붉은 머리 소년의 미모가 으뜸이었다.

"우선은 좀 진정할 필요가 있겠네요."

일라이가 덜덜 떨고 있는 제이콥의 손을 맞잡으며 그림 같은 미소를 지었다. 그에 제이콥의 커다란 동공이 홀린 듯 확대되었을 때, 부드러운 기운이 그의 전신으로 흘러 들어갔다.

흥분을 가라앉히는 용언 마법이었지만, 평범하다면 평범할 수 있는 수인족 혼혈일 뿐인 그가 그것까지 알아차릴 순 없었다.

"이제 좀 대화할 마음이 생겼습니까?"

제이콥은 멍하니 고개를 끄덕였다. 그 와중에도 그는 다소 의아했다. 제게 차갑게만 굴던 이 잘난 소년이 왜 갑자기 이렇게 친절하게 구는 건지.

기실 일라이는 비록 아직 헤츨링에 불과하지만, 어찌 되었든 여태까지 계속되었던 모르스의 악랄한 행태를 드래곤들이 전혀 모르고 있었다는 사실에 일말의 책임감을 느꼈다.

해서 내심 미안한 마음에 제이콥에게 잘해 주고자 하는 것이었다. 물론 이 또한 당사자인 그가 알 방법은 없었다.

"이미 말했다시피, 저주는 풀렸습니다."

"…그게 정말입니까? 사실이에요?"

"주변을 돌아보세요. 여긴 망각의 지대가 아닙니다."

"……!"

일라이의 말에 제이콥이 소스라치게 놀라며 발딱 몸을 일으켰다.

망각의 지대가 아니라니!

초칸은 그곳을 일정 거리 이상 벗어나면 재가 되어 사라진다. 가슴이 두방망이질 쳤다. 그가 재빨리 주위를 둘러보다가 이내 숨을 훅 들이켰다.

"저, 저건⋯⋯!"

제이콥이 가리키는 건 돌산이었다. 그건 본래 밀림의 가장 높은 꼭대기에 올라야만 볼 수 있었다. 그 돌산을, 이토록 가까운 거리에서 보기는 난생처음이었다.

"당신이 있던 밀림은 저쪽이에요."

제이콥의 눈동자가 일라이의 손가락을 따라갔다. 거기엔 지금껏 단 한 번도 본 적 없는 거대한 산림이 그의 시야를 메웠다.

"저게⋯⋯ 망각의 지대입니까?"

"그래요."

"엄청나군요⋯⋯."

저곳에서 자신이 나고 자랐다. 생전 한 번도 벗어난 적 없던 장소.

멍하니 바라보던 제이콥은 새삼 신기한 기분에 휩싸였다.

망각의 지대에서 밖을 향한 시야는 구석구석 익숙했다. 이곳이 정확히 어딘지는 몰라도, 바깥에서 안을 보고 있으려니 심정이 묘했다.

"그럼 이제 믿는 건가요?"

제이콥은 조금은 멍청한 표정으로 일라이를 향해 고개를 틀었다.

정말로 저주가 풀렸다. 밀림 밖에서도 재가 되지 않고 살아 숨 쉬는 자신이 그 증거였다.

"고, 고맙습니다⋯⋯."

감사함을 표현하는 순간, 속에서 뭔가가 울컥 올라왔다. 언제인지도 모를 시절부터 내려오던 저주였다. 그로 인해 그 위험한 감옥에 갇혀 끝도 없는 불안감과 갑갑함을 느끼며 살아왔다. 그게 일상이라고, 평생을 그래야만 할 거라고 생각했다.

한데 드디어 그곳에서 탈출했다. 새삼 그 사실을 자각하자 제이콥은 저도 모르게 흐느꼈다.

그간 저주 때문에 맥없이 죽어 간 초칸이 몇이던가.

이것이 만약 꿈이라면 정녕 깨고 싶지 않았다.

"앞으로는 자유롭게 사세요. 저주를 걸었던 놈도 이젠 세상에 없으니 걱정하지 않아도 됩니다."

"⋯대체 누가 그런 짓을 한 겁니까?"

눈물로 범벅이 된 얼굴을 하고 제이콥이 물었다.

"우리의 조상이 대체 무슨 죄를 지었기에 그런 무시무시한 저주를 걸었던 거죠? 그런 잔혹한 짓을 도대체 누가, 왜 한 거란 말입니까!"

"음…… 그건 모르는 게 나을 겁니다."

당신들은 그저 욕망의 희생양이었을 뿐입니다, 라는 말을 일라이는 결코 할 수 없었다.

지나간 세월은 돌이킬 수 없다. 하나 복수라면 그들이 대신했으니, 초칸들은 그저 작금의 기쁨만 누렸으면 하는 바람이었다.

"…죽은 건 확실한가요?"

또다시 저주에 걸릴 게 두려운 듯 제이콥이 묻자, 일라이가 바율을 슬쩍 돌아보며 확언했다.

"아주 처절하고도 잔인하게 끝냈습니다."

"제, 제발…… 그냥 죽여 줘……!"

죽음의 신 모르스도 지옥 같은 고통 속에선 어쩔 수 없었다. 제아무리 마기를 있는 힘껏 끌어모아도 무소용이었다. 스피넬의 불꽃은 되레 더욱 거세지기만 할 뿐이었다.

그러다가 숨이 끊어질 듯한 고비에 이르면 어김없이 이

노센트의 치유력이 발휘되었다.

바율은 죽이지 않겠다는 약속을 혹독하리만치 철저하게 지켰고, 모르스는 그간 행한 몹쓸 짓에 대한 대가를 온몸으로 감당해야만 했다.

마침내 그의 입에서 죽여 달라는 말이 나왔을 때, 일행은 전부 바율을 주시했다. 참혹한 광경을 목도하면서도 미동조차 없는 바율의 모습은 그들에겐 매우 생소하고도 낯설었다.

바율은 모르스의 애원을 한참 동안 가만히 듣고만 있었다. 그만큼 그의 분노가 컸기 때문이었다. 그와 감정을 공유하는 정령들에게 그 화가 전이되면서 모르스를 더욱 사지로 몰아붙였다.

"스피넬."

바율이 그저 이름을 불렀을 뿐임에도 스피넬은 그가 무엇을 바라는지 알았다.

영멸.

환생마저 비켜 가는 영혼의 소멸.

이노센트가 물러나고, 스피넬은 그렇게 모르스의 영원한 죽음을 진행했다. 무려 마계 서열 5위인 대마족의 죽음치고는 어찌 보면 너무나 싱거운 결말이 아닐 수 없었다.

제이콥의 시선이 일라이를 쫓아 바율에게 향했다. 가장 여리고 약하게 생겨서는, 밀림을 통째로 날려 버릴 수 있는 힘을 가졌다고 했었다.

처음 그 말을 들었을 땐 말도 안 된다 여겼지만, 왠지 지금은 그럴 수도 있을 거 같다는 생각이 들었다.

"무하……."

망각의 지대를 다스리는 짐승들의 왕.

아닌 게 아니라 무하가 바로 소년의 곁에 있었기 때문이다. 그도 이처럼 가까이에서 보기는 처음이었다.

까만 밤하늘을 그대로 옮겨 놓은 듯한 검은 털, 그리고 금색과 은색으로 반짝이는 오드 아이가 진정 그가 알던 무하가 맞았다.

분명 밀림을 다스리는 왕이거늘, 그런 존재가 마치 주인을 만난 강아지라도 된 양 얌전히 앉아 꼬리나 흔들고 있다니. 거대한 덩치에 어울리지 않는 행동에 제이콥은 순간 말문이 막혔다.

"저주를 풀었으니, 약속대로 무하를 데려가도 되겠습니까?"

마치 허락을 구하는 듯한 바율의 물음에 제이콥은 어리둥절했다.

"초칸을 지켜 주던, 수호신 같은 존재라면서요."

저주가 풀렸어도 무하가 갑자기 사라지면 초칸들은 분명 불안해할 터였다. 물론 무하에 대한 권리가 그들에게 있는 것은 아니었으나, 바율은 도의상 응당 그리 물어야 한다고 생각했다.

"…어? 고마웠다고?"

그때 불쑥 에이단이 귀를 쫑긋거리며 무하에게 다가왔다.

"뭔 소리야?"

"고맙다니, 뭐가?"

"…아아, 그랬던 거구나."

무하를 향한 에이단의 눈에 따스한 기색이 어렸다. 녀석이 바율이 그랬듯 무하의 머리를 연신 쓰다듬으며 칭찬했다.

"너, 참 착한 녀석이구나? 의리 있어. 멋있다."

"야, 너만 혼자 알지 말고 우리한테도 좀 말해 주지 그래?"

"여기 다 궁금해하는 거 안 보이니?"

"어? 나한테 성질부리냐, 지금? 이런 식이면 나 통역 안 한다?"

에이단의 배짱에 일라이와 라나사가 입술을 삐죽이면서

도 침묵을 택했다. 아쉬운 건 그들이니 당장은 녀석의 비위를 맞출 수밖에 없었다.

"에이단, 무하가 뭐라는데?"

기실 바율도 궁금했다. 무하가 자신을 주인처럼 따르고는 있지만, 아쉽게도 녀석과의 소통은 쉽지 않았다.

"초칸들이 자기를 치료해 주었었대."

"치료?"

"응. 주신에게 죽기 직전까지 괴롭힘을 당하다가 이곳에 버려졌을 때, 녀석을 도와준 게 초칸들이었어. 아마 지금 초칸들의 조상이었겠지? 어쨌든 그 정성 덕분에 빠르게 회복할 수 있었다고 하네."

"무하는 여태 은혜를 갚아 왔던 거구나."

"괜히 수호신이 된 게 아니었어."

과연 유일한 생명체인 신물은 그 능력뿐 아니라 마음씨까지도 남다른 것일까.

"초칸들과 있어서 외로움도 덜했대."

계속되는 에이단의 말에 무하가 녀석을 물끄러미 쳐다보았다. 제 속을 술술 읽어 내는 에이단이 신기했는지, 그런 무하의 눈동자가 다채롭게 반짝였다.

2.

밀림의 한복판에서 성대한 연회가 펼쳐졌다. 저주에서 풀려난 자축의 의미로, 초칸 일족 역사상 가장 크고 화려하게 벌이는 잔치였다.

거대한 모닥불이 광장의 중앙에서 활활 타올랐다. 그 불길 위에선 고기가 고소한 냄새를 풍기며 노릇노릇 익어 가고 있었다.

바율 일행은 그러한 곳에서 가장 시원하고 그늘진 상석에 앉아 융숭한 대접을 받는 중이었다.

"다행히 입맛에 맞으시나 봅니다. 여기 더 있으니 마음껏 드세요."

제이콥이 빨간 열매가 둥둥 떠 있는 음료 한 사발을 데스에게 건넸다. 그걸 받아서 말없이 입속으로 털어 넣는 데스의 시선은 한결같이 모닥불, 정확히는 고기에만 꽂혀 있었다. 육즙이 뚝뚝 흘러내려 촤르르 소리를 낼 때마다 데스의 두 눈에선 광채가 번뜩였다.

"혹시 다른 분들도 더 드릴까요?"

일행을 대하는 제이콥의 태도는 흡사 일국의 왕을 알현하는 듯 공손하기 그지없었다.

바율과 친구들이 뜬금없이 초칸의 잔치에 참여하게 된

것도 전부 그 때문이었다. 큰 은혜를 베푼 일행에게 반드시 보답해야 한다며, 기어코 여기까지 데려온 것이다.

본인이 다짜고짜 저주가 풀렸다고 말하면 믿지 않을 게 분명하다.

은인을 이대로 보내는 건 짐승만도 못한 일이다.

초칸들이 무하와 마지막 인사를 할 수 있게 해 달라.

귀한 음식으로 성심을 다해 대접하겠다.

제이콥이 내건 갖은 설득 중 '귀한 음식'이란 대목에서 마황과 데스의 마음이 움직였다. 마침 알레그리아의 손님도 아직 도착 전이었기에 시간도 때울 겸 일행은 결국 그의 초청을 받아들였다.

무하의 존재 때문인지, 초칸 일족은 처음부터 일행을 대하는 태도가 남달랐다. 그리고 제이콥에게 모든 설명을 들은 이후에는 남녀노소 할 것 없이 각자 할 수 있는 최고의 예우로 그들을 섬겼다.

밀림이란 장소의 특성 탓인 듯 초칸은 다양한 인종이 결합해 어우러져 있었다. 제이콥과 같은 수인족 혼혈이 대다수였고, 다른 종족과 피가 섞이지 않은 인간은 오히려 찾아보기 힘들었다.

험준하기로 유명한 망각의 지대에서 소수 민족인 그들이 여태 살아남을 수 있었던 건 어쩌면 무하뿐 아니라 그런 특이점도 한몫한 게 아닐까 싶었다.

"시원한 게 참 맛있네요."

"이런 더운 기후에서 어떻게 이 정도 온도를 유지하는 거죠? 마법은 아닌 것 같은데."

제이콥이 따라 주는 음료를 마신 친구들은 저마다 감탄했다. 다디달면서도 시원하고 새콤한 게, 이곳의 뜨거운 열기를 잊게 했다.

"지하 깊숙한 곳에 음식이나 음료들을 시원하게 유지할 수 있도록 묻어 두는 장소가 있습니다. 아무리 날이 더워도 거기만은 얼음이 맺혀 있지요."

내심 뿌듯한 표정으로 답하던 제이콥이 문득 무하의 발 앞에 무언가를 조심스럽게 내려놓았다. 무하는 바율의 옆에서 가슴과 배를 바닥에 대고 발을 내민 채 아주 편안하게 엎드려 있었다.

"이게 뭡니까?"

"그간 저희 초칸들을 지켜 준 것에 대한 작은 답례입니다."

"…이 나뭇잎이 말인가요?"

바율은 언뜻 이해가 가지 않았다. 제이콥이 준 건 그저 평범한, 마른 이파리에 불과했기 때문이다.

그런데 여태 엎드린 상태로 눈만 슴벅거리고 있던 무하가 갑자기 벌떡 일어나 킁킁 냄새를 맡기 시작했다.

"맘에 들어?"

에이단이 그런 무하를 쳐다보며 픽 웃었다.

"여기에 제법 정을 주었던 모양이야."

"정이라니?"

"망각의 지대 말이야. 무하는 우리와 곧 이곳을 떠날 거잖아. 근데, 이 잎에 밀림의 정취가 전부 담겨 있다나 봐. 그래서 좋아하고 있어."

"맞습니다. 이 향을 맡을 때마다 저희 초칸을 떠올려 달란 의미에서 준비했습니다. 별거 아니지만…… 꼭 드리고 싶었습니다."

영구적인 것은 아니나, 꽤 오랜 시간 공들여 말린 만큼 밀림의 향취가 제대로 배어 있었다. 초칸들은 무하가 밀림을 떠나고도 이곳을, 자신들을 기억하길 원했다.

"괜히 미안해지네."

열두 개의 태고의 신물을 모두 모아야 하는 바율로선 무하가 반드시 필요했다.

하지만 녀석의 입장에서 생각하면 삶의 터전을 옮겨야만 하는 일이었다. 무하가 이러한 상황에 대해 서운할 수도 있을 거라고 조금도 염두에 두지 못했던 스스로가 바보 같았다.

"바율, 자책하지 마. 무하는 네 곁에 있는 게 더 좋대."

"…정말이야? 진짜 무하가 그래?"

"응. 밀림에 정이 들었을 뿐, 너와 함께하는 건 무엇과도 비교할 수가 없대. 푸하하! 게다가 거기가 원래 자기 자리라는데? 이거, 은근 소유욕이 있는 녀석이었어."

에이단이 무하의 갈기를 손으로 가볍게 긁어 주며 새롭게 안 사실에 웃음을 터뜨렸다. 그러던 녀석이 돌연 눈을 홉뜨며 놀란 얼굴을 했다.

"…나도 괜찮은 거 같다고?"

무하가 이파리에서 코를 떼고 에이단과 눈을 맞췄다. 녀석을 만난 이래로 줄곧 보아 온 눈빛이거늘, 에이단은 어째선지 기이한 기분이 들었다.

"나라면…… 맡길 수 있어? 뭐를?"

"왜, 무하가 뭐라는데? 너한테 맡길 게 있대?"

"그게 뭔데?"

"몰라……."

에이단은 혼란스러운 기색이었다. 찰나지만 마치 무하에게 자신이 홀린 듯한 느낌이었다.

"근데, 왜 바율이 아니고 너한테 맡기지?"

"맞아. 주인은 바율인데."

"사실 엄밀히 따지면 내가 아니라 전대 땅의 정령왕이야."

바율의 정정에 일라이가 녀석의 등을 툭 쳤다.

"야, 네 몸속에 그 기운이 담겨 있잖아. 그럼 그게 그거지, 뭐."

"그래. 지금도 옆에 딱 달라붙어 있는 거 안 보이니?"

무하가 등장한 후로 바율의 옆자리는 녀석의 지정석이나 마찬가지가 되었다.

"재스퍼가 이 꼴을 보면 뭐라고 할지 갑자기 궁금해지네."

"보석 사인방은 또 어떻고?"

"윽, 그 난리를 상상하니 벌써 머리가 아픈 거 같아."

"그래도 무하는 이 밀림의 주인인데, 한 번에 딱 제압하지 않을까?"

"가능성이야 있지."

"하긴. 지금만 해도 이렇게 시끄럽게 놀고 있는데 짐승은커녕 풀벌레 소리도 안 들린다."

"그건 꼭 무하 때문만은 아니지 않을까?"

가볍게 한마디 던진 로건의 눈길이 자발적으로 대화에서 빠진 두 마족 형제에게로 향했다. 그들은 중간중간 음료를 들이켜는 행위 말고는 미동도 없었다. 오직 고기만을 맹렬하게 노려볼 뿐.

"여하튼 무하가 에이단 네게 뭘 맡긴다는 거냐고. 다시 물어봐 봐."

"…그건 답을 안 하는데?"

"안 해?"

"어…… 때가 되면 알 수 있을 거래."

의미심장한 말을 던진 무하는 언제 그랬냐는 양 에이단에게서 시선을 거두고 원래의 엎드렸던 자세로 돌아갔다. 앞발로 말린 이파리를 손에 꼭 쥐고 있는 모습이 순간 퍽 귀여웠지만, 에이단은 물론이고 바율과 친구들은 각자 고민에 빠졌다.

"보면 볼수록 신기하네요."

그때 제이콥이 에이단을 보며 탄복했다.

"어떻게 그렇게 무하의 말을 알아들으실 수 있는 거죠? 수인족 혼혈인 저도 그건 불가능한데 말입니다."

"아, 저는 테이머거든요."

"…테이머가 무엇입니까?"

"음, 쉽게 말하면 동물들이 무슨 생각을 하는지 알 수 있는 거예요."

"와! 세상에 그런 능력도 있었군요!"

제이콥은 그런 사람은 처음 본다며 놀라움을 금치 못했다.

"저기, 근데…… 에이단 님은 인간이 맞으신 거죠? 혹여 제가 실수라도 한 건 아닌지 해서요."

그간 일행이 보여 준 바가 워낙 강렬하다 보니 제이콥은 이제 정체를 묻는 것도 조심스러웠다. 느낌상 여러 종족이 섞인 것 같은데, 에이단은 그나마 사람이란 묘한 확신이 있었다.

"네, 맞습니다. 실수 같은 건 없었어요."

"휴우, 다행이에요."

다른 이들에게 똑같은 말을 했더라도 다들 별로 개의치 않았을 텐데, 제이콥은 마치 십년감수라도 한 듯 안도의 한숨을 내쉬었다.

"이봐, 초칸."

데스가 돌연 제이콥을 부른 것은 그때였다. 그에 제이콥이 재빨리 돌아보자, 데스가 검지를 들어 광장 한가운데를 가리켰다.

"저만하면 이제 다 익었을 것 같은데."

"…그게, 원체 큰 놈이라서요. 안쪽까지 골고루 익으려면 시간이 좀 더 필요합니다."

"원래 고기는 덜 익혀서 먹는 게 최고야. 안 그러면 질겨진다고."

"핏물이 좀 보여야 더 먹음직스럽지."

즉, 당장 가져와 눈앞에 대령하라는 뜻이었다. 제이콥은 몇 번의 경험을 통해 이들이 시키는 건 빠르게 실행으로 옮겨야 제 신상이 이로울 거란 점을 파악했다. 그가 고개를 끄덕이곤 잽싸게 광장으로 달려갔다.

차마 일행에게 다가올 수는 없었는지 멀리서 대기하고 있던 초칸들이 제이콥에게 몰려가는 게 보였다. 무슨 일인지 퍽 궁금한 모양이었다.

"저들이 밖에서도 잘 살 수 있을까?"

그 광경을 보고 있자니 라나사는 문득 그런 생각이 떠올랐다.

"망각의 지대를 단 한 번도 벗어나 본 적 없는 이들이잖아. 사기꾼들에겐 더할 나위 없이 딱 좋은 먹잇감이지."

"나도 그 생각을 안 한 건 아니야. 그래서 말인데, 초칸들이 원하면 랑트에서 받아 줄까 하거든. 어떻게 생각해?"

"랑트에서?"

"응. 물론 여기랑은 기온이 달라서 처음엔 추위로 좀 고생할 수도 있겠지만, 그래도 막연히 떠돌면서 사는 것보다는 낫지 않을까?"

"그건 그렇지."

"근데 바율, 네 말대로 이렇게 더운 데서 살다가 랑트의 추위를 견딜 수 있을까 모르겠네."

"살기 위해선 누구나 환경에 적응하는 법이야. 결정은 초칸들의 몫이니, 우린 우리 일이나 신경 쓰면 돼."

무거운 어조로 그리 말한 퀸의 눈빛은 알레그리아를 향하고 있었다.

태고의 신물은 이제 하나가 남았다. 그리고 천족이 그걸 가지고 올 거라고 그녀가 말했다.

"다시 한번 묻지. 당신의 연인이라는 자가 정말로 신물을 전해 주러 오는 게 맞아?"

"속고만 살았나요?"

"뒤통수를 몇 번 맞은 적은 있지."

"…그는 올 거예요. 나와 약속했으니 꼭 지킬 겁니다."

"그렇게 속아 놓고도 단호하시네."

그 믿음이 이번에도 깨지면, 알레그리아는 견딜 수 있을까?

바율은 그녀를 보고 있으면 이따금 예전의 자신을 보는 듯한 착각이 들곤 했다. 아버지의 그늘 밑에서 아무것도 모른 채 병자로만 살았던 지난날의 모습.

아카데미에 입학하고 정령사가 되면서 세상이 어떻게 돌아가고 변화하는지, 그리고 그 안에서 제가 할 일이 무엇인지에 대해 차츰 깨달아 갔다.

알레그리아에게도 그럴 시간이 있었으면 좋았을 텐데. 불행히도 그녀는 연일 상처만 받고 있었다.

태고의 신물도 신물이지만, 그녀를 위해서라도 용기의

신이 약속을 지켜 주길 바랐다.

"유감스러운 여러 사건으로 인해 내가 그대들에게 제대로 신뢰를 주지 못했던 점, 인정합니다. 하지만 이번에는 다를 거예요. 그는……!"

알레그리아가 무어라 말을 늘어놓으려던 시점이었다.

쾅광!

별안간 멀쩡하던 하늘에서 천둥이 치듯 엄청난 굉음이 터졌다.

"이런, 스콜인가? 별다른 전조도 없었는데……!"

마황과 데스 앞에 막 고기를 내려놓던 제이콥은 머리를 한껏 뒤로 젖힌 채 하늘을 올려다보았다. 그러던 그의 눈이 일순 함지박만 하게 커졌다.

"뭐, 뭐지…… 저건?"

단언컨대 태어나서 처음 보는 장면이었다.

"하, 하늘에서 사람이 내려오다니……!"

처음엔 새인 줄 알았다. 하나 그러기엔 그 크기가 컸고, 형상이 인간의 것과 같았다.

대단한 미청년이었다. 여섯 개의 날개를 활짝 펼친 채 지상으로 하강하는 그를 보며 알레그리아의 얼굴이 오랜만에 만개했다.

하지만 그 미소가 걷히는 건 순식간이었다.

그는 혼자가 아니었다.

천계의 십이기사.

오로지 주신의 명령만을 따르는 그 무리가 청년의 뒤를
이어 내려오고 있었다.

Chapter 5.
완벽한 배신

1.

알레그리아의 손끝이 희미하게 떨렸다. 그 떨림은 기다리고 기다렸던 상대가 지상과 가까워질수록 서서히 전신으로 번져 갔다.

믿을 수가 없었다.

그는 그녀에게 남은 한 가닥 희망이었다. 세상이 두 쪽이 나더라도, 모두가 제게 등을 돌린다 해도 그만은 틀림없이 저를 지켜 줄 거라고 여겨 왔다.

어린 시절부터 오직 자신만을 향하던 그의 따뜻하고도 뜨거운 눈길을 그녀는 여전히 기억하고 있었다.

하지만 지금은 그 눈빛을 어디서도 찾을 수가 없었다. 입

끝을 희미하게 올린 채 사뿐하게 지면에 착지하는 그녀의
연인은 완전히 다른 인물 같았다.

저리 차가운 표정을 지을 수도 있었던가?

낯선 연인의 모습에 알레그리아는 순간 호흡조차 잊었
다. 꿈이라면 당장 깨고 싶을 만큼 지독한 악몽이었다.

"그리아."

용기의 신, 쿠라주가 장내를 가볍게 둘러보곤 연인의 이
름을 무심히 불렀다. 그런 그의 음성엔 어쩐지 한심하다는
기색이 배어 있었다.

"도대체 이런 데서 뭐 하는 거야? 그 정도 했으면 돌아
올 때도 됐잖아."

쿠라주는 분명 제게 태고의 신물을 가지고 오기로 약조
하였다. 한데 느닷없이 돌아올 때가 되었다니?

알레그리아는 혼미해지려는 정신을 간신히 붙들며 그에
게 되물었다.

"…그게 무슨 말이야?"

"반항이 너무 길어지면 아버지께서 걱정하셔. 이쯤 했으
면 슬슬 정신 차려야지."

"정신을…… 차려?"

"그래. 아무리 철이 없어서 그랬다곤 하지만, 이제 충분
하지 않아?"

알레그리아는 쿠라주가 무슨 말을 하는 건지 당최 이해할 수가 없었다.

"삶이 무료하고 지루해서 잠시 일탈을 즐긴 거잖아. 평소 너답지 않은 행동이었지만, 그래도 금방 돌아오겠거니 해서 기다렸어. 어때, 이만하면 나도 봐줄 만큼 봐준 것 같은데."

"그러니까, 내가 여태껏…… 아무 생각도 없이, 그냥 재미 삼아 그랬다는 거야?"

"물론 아버지께 관심받고 싶은 마음도 있었겠지. 워낙에 엘레오스만 편애하시기도 했으니까."

쿠라주는 어깨를 으쓱이며 말을 이었다.

"하지만 너무 나갔어. 네가 인간들에게 무하의 위치까지 알려 주는 바람에 화가 많이 나셨거든."

그의 시선이 바율 곁에 선 무하에게로 옮겨 왔다. 조금 전까지 한가로이 배를 뉘고 있던 녀석은 천족의 등장에 언제 그랬냐는 듯 엄청난 적의를 드러내고 있었다.

"크르릉!"

스치기만 해도 살점이 뜯겨 나갈 듯 날카로운 송곳니가 위협적으로 번쩍였다. 지난날의 학대가 떠오른 게 분명했다.

"홋."

하나 그런 무하의 태도에도 쿠라주는 두려워하기는커녕 그저 피식 웃을 뿐이었다. 네까짓 게 그런다고 내가 무서워할 것 같으냐는 조롱 섞인 웃음이었다.

"…내가 여기에 온 건 당신밖에 모르는 일이야."

"응, 알아. 그래서 내가 아버지께 말씀드렸어."

"대체 어째서…… 왜 이러는 건데?"

"그걸 몰라서 물어? 널 도우려는 거잖아."

"날 돕는 거라고? 하핫! 지금 농담하는 거지?"

알레그리아는 제 안에서 무언가가 한 움큼 잘려 나가는 듯한 느낌을 받았다. 동시에 누군가가 제 몸뚱이를 마구잡이로 할퀴는 것만 같았다.

현실감이 떨어져도 어떻게 이렇게까지 떨어질 수 있는지 경악스러울 지경이었다.

"그동안 내가 당신에게만 어렵게 털어놓았던 그 많은 말들을 듣고도…… 그렇게 생각했다는 거지?"

심지어 그는 그럴 때마다 깊이 공감하며 지지의 뜻을 보여 주고는 했었다.

"그리아, 아직 기회는 있어. 네게 실망하시긴 했지만, 그래도 넌 주신의 딸이잖아. 가서 진심을 다해 빌면 용서해 주실 거야."

"용서? 아버지가 날?"

아니, 절대 그럴 리 없다.

쿠라주는 제 아버지를 몰라도 너무 몰랐다.

"그래야 나도 널 용서할 수 있어. 내가 널 연인으로 택한 건 네가 주신의 딸이었기 때문이야. 그러니 날 위해서라도 아버지께 빌어 줄 수 있지?"

"…뭐?"

이제는 다 놀랐다고 생각했는데, 아무래도 그게 아닌 모양이었다. 쿠라주의 갑작스러운 고백에 알레그리아의 안색이 더욱 하얗게 질렸다.

"뭘 그렇게 놀라고 그래? 내가 무슨 엄청난 말이라도 한 것처럼."

"내게 처음부터…… 의도적으로 접근했다는 뜻처럼 들리는데, 맞아?"

"그거야 뭐, 해석하기 나름 아니겠어? 저마다 상대에게 매력을 느끼는 부분이 있잖아. 단지 내겐 주신의 딸이라는 네 신분이 크게 작용했을 뿐이지."

바꿔 말해 알레그리아가 평범한 천족이었다면 애초에 관심도 주지 않았을 거란 얘기였다.

기가 막혔다.

자신이 오랜 시간 마음에 품었던 이의 실체가 고작 이것밖에 안 되는 자였다니.

알레그리아는 절망감과 더불어 역한 분노마저 치솟았다. 그간 참았던 울분이 함께 터지면서 형용할 수 없는 감정의 파도가 그녀의 온몸을 강타했다.

"이 개소리를 대체 언제까지 들어 주고 있어야 하지?"

데스의 비딱한 목소리가 끼어든 것은 그때였다.

기실 그는 이제 막 고기를 영접하기 직전이었다. 리타가 해 준 것만은 못하지만, 초칸들의 요리 솜씨도 썩 나쁘지 않아 나름 기대를 하던 차였다.

그런데 때마침 불청객이 나타난 것으로도 모자라 좀처럼 끝날 기미가 보이지 않는 헛소리를 지껄이고 있으니, 그의 입장에선 충분히 어이없다 못해 화가 날 만한 상황이었다.

"그래서, 신물을 가져오긴 했나? 부디 그러길 바라."

마황 역시 데스보다 더하면 더했지, 결코 덜하진 않았다. 그가 쿠라주를 노려보며 한기를 내뿜었다.

그의 발언이 마치 신물을 가져왔으면 자비를 베풀어 저를 살려 주겠다고 하는 말처럼 들려 쿠라주는 어처구니가 없었다.

"그리아. 하다 하다 이런 더러운 마족들과 한패가 되어 어울린 거야? 아무리 심심했어도 그렇지, 주신의 딸이면 그에 맞는 체통을 지켰어야지."

"…쿠라주, 여태까지의 정을 봐서 내가 마지막으로 경고 하나 할게."

알레그리아는 치미는 분통을 억지로 내리누르며 말했다. 그녀는 이미 상대를 과거형으로 대하고 있었다.

"말조심하는 게 좋을 거야."

"…뭐?"

"저자들, 누구 때문에 이미 심기가 꽤 불편한 상태거든."

"설마 이 판국에 내 걱정을 해 주는 거야?"

쿠라주는 진심으로 작금의 상황이 우스웠다.

"내가 누군지 그새 잊지는 않았을 거고. 십이기사가 안 보이는 것도 아닐 텐데, 오히려 내 걱정을 한다…… 무슨 대마족쯤 되나 보지?"

그의 눈이 마황과 데스를 위아래로 훑었다. 대천사인 자신을 마주하고도 이리 뻣뻣하게 굴 수 있는 걸 보아 적어도 아주 피라미는 아니란 소리였다.

"주신이 보냈다기에 제법 똑똑한 놈일 줄 알았는데, 하는 꼴을 보니 영 글렀네. 이쯤 되면 그냥 주신, 그 작자가 멍청한 건가."

"그리아, 넌 어쩌다가 저런 형편없는 놈을 사귄 거니? 천계엔 순 모자란 새끼들뿐인가?"

"그러고 보니 전에 엘레오스 그놈도 꽥꽥 소리만 질러 댔지, 힘은 하나도 없었어."

"주신이 품 안에만 끼고 돌아서 그런 모양이군. 뇌가 청순하기 그지없어."

"천신이라는 자들이 하나같이 왜들 이 모양인지. 쯧쯧쯧."

상황을 지켜볼 겸 침묵으로 일관하던 친구들이 더 이상참지 못하겠던지 한마디씩 내뱉었다. 그러자 쿠라주의 잘생긴 얼굴에 처음으로 균열이 생겼다.

"지금 그거, 혹시 나에게 하는 말인가?"

"다행히 귀까지 못 쓸 지경은 아닌가 보네."

쿠라주는 황당한 나머지 잠시 말문이 막혔다. 대천사로나고 자란 그가, 한낱 인간에게 이런 해괴망측한 소리를 들을 거라곤 진정 상상도 하지 못한 탓이다.

하지만 아직 친구들의 말은 끝난 게 아니었다.

"그리아가 아깝다."

"질이 다른데 어떻게 저런 거랑 엮일 수 있지?"

"너, 눈이 낮아도 한참 낮은 거 아니니?"

"안 되겠다. 앞으로 누구 만날 거면 우리에게 허락받고사귀어라."

알레그리아의 눈가가 일순 촉촉하게 젖었다.

그간 그녀의 의도와는 달리, 자꾸만 상황이 엇나가는 바람에 일행에게 신뢰를 주지 못했었다. 한데 가장 믿었던 연인에게 배신을 당한 순간, 공교롭게도 그들에게서 위로를 받고 있었다.

이제는 제 진심을 믿어 주는 것일까?

연인이었던 쿠라주의 추악한 민낯에 상처를 받았지만, 모순적이게도 그 순간 한편으론 뜻을 같이하고자 하는 이들과 진정한 동료가 된 듯해 위안이 되었다.

"하아, 재밌네."

쿠라주가 입술을 손으로 훔치며 일행의 면면을 살폈다.

"거기 넌 드래곤이로구나."

그러던 그가 일라이를 발견하곤 알은체했다.

"그래, 드래곤이다. 어쩔래?"

"뭐야?"

"날 알아보는 걸 보면 눈깔이 아주 삐지는 않은 것 같은데, 왜 저쪽은 몰라보실까나."

일라이는 일부러 그를 보며 방싯방싯 웃었다. 명백한 그 비웃음에 애써 태연한 척하던 쿠라주의 안면이 다시 한번 딱딱하게 굳었다.

그때 마황이 재차 물었다.

"태고의 신물, 어디 있어? 그거만 가져왔으면 조용히 넘어가 주지."

"조용히 안 넘어가면, 네깟 놈이 우릴 상대로 뭘 어떡할 건데?"

"궁금해?"

마황을 중심으로 대기가 한층 사나워졌다. 눈보라가 다
시금 밀림에 나부끼려는 찰나, 바율이 성큼 그의 앞으로 나
섰다.

"크리스 씨, 초칸들이 다칠 수도 있습니다. 우선은 진정
하세요."

"아, 그런가?"

평생 그런 건 단 한 번도 신경 써 보지 않은 주제에 크루
델리스가 냉큼 고개를 끄덕이며 얼른 기운을 거두었다.

"…네가 그 정령사로군."

쿠라주 역시 정령계가 꿈틀거리기 시작했음을 알고 있었
다. 알레그리아에게 전해 들은 것 외에도 이미 천계에 조금
씩 정령에 관한 소식이 들려왔다.

그래서인지 그가 반가운 기색으로 바율을 응시했다. 흡
사 재미난 장난감을 발견한 듯 흥미로운 눈빛이었다.

"저에 대한 소문이 천계에도 난 겁니까?"

"어느 정도는."

바율의 물음에 쿠라주는 순순히 그러하노라 인정했다.

"그럼 제가 태고의 신물을 모으고 있다는 것도 아시겠군
요."

"알지."

"가져오셨습니까?"

"글쎄? 어떨 것 같아?"

"그건 저도 모르죠. 다만, 갖고 계신 게 그쪽에게도 좋을 겁니다."

"……?"

"그래야 살아서 돌아갈 가능성이 있으니까요."

쿠라주의 신형이 아주 작게 흔들렸다.

한낱 인간 소년의 같잖은 말에 왜 이런 오싹한 느낌이 드는 건지 모르겠다. 표정을 지운 채 무감한 말씨를 늘어놓는 소년의 시선과 마주치자 기저를 알 수 없는 괴이한 전율이 그를 휘감았다.

"쿠라주 님, 시간이 별로 없습니다."

그가 아무런 대꾸도 하지 못한 채 아득히 서 있기만 하자, 뒤에 시립하고 있던 십이기사 중 한 명이 그에게 다가와 속닥였다.

그제야 쿠라주는 정신이 번쩍 들었다. 한발 늦은 수치심이 뒤따랐지만, 지금은 그런 걸 따질 때가 아니었다. 감히 이 세계의 주인인 주신을 오래 기다리게 할 수는 없었다.

그가 즉각 명령했다.

"십이기사는 당장 배신자 알레그리아를 천계로 연행한

다! 방해하는 놈은 누구라도 죽여도 좋다!"

바율 일행을 향한 협박이자 경고였다. 목숨이 아깝거든 나서지 말고 얌전히 있으라는.

"헐. 이제 보니 신물을 갖고 온 게 아니라, 그리아를 데려가려고 온 거였어? 심지어 연행?"

"와, 저거 진짜 나쁜 새끼네."

"쓰레기란 말도 아깝다."

"맞아. 그건 쓰레기한테 실례야."

어이없어하는 친구들과 달리, 알레그리아는 그새 제법 차분해졌다.

기실 그녀는 짐작하고 있었다.

제 아버지라면 딸인 저를 반드시 당신의 손으로 처단하려 할 것이다.

그건 다시 말해 쿠라주를 비롯한 십이기사는 제 몸에 털끝만큼도 상처를 입힐 수 없다는 뜻이었다. 그랬다간 자신들의 목이 날아갈 테니.

빌어먹게도 주신의 딸로 태어난 게 이럴 땐 이점이 되기도 하였다.

촤라락!

어느덧 은빛 갑옷이 알레그리아의 전신을 감쌌다. 손에는 일전에 보았던 검이 쥐어져 있었다. 이대로 얌전히 끌려

가지는 않겠다는 그녀의 의지였다.

"네가 부디 그렇게 나오지 않기만을 바랐는데."

쿠라주가 조금은 연민이 섞인 눈빛으로 자신의 전 연인을 바라보았다. 의미를 알 수 없는 그 시선에 알레그리아가 미간을 찌푸리는 찰나였다.

휘리릭!

돌연 무언가가 날아오더니, 순식간에 그녀의 몸을 결박했다.

"그리아!"

놀란 친구들이 그녀를 재빨리 에워쌌지만 소용없었다. 이미 알레그리아는 공중으로 떠오르고 있었다.

잡으려고 손을 뻗어도 잡히지 않았다. 금빛으로 번쩍거리는 가느다란 밧줄이 그녀의 온몸을 칭칭 감은 상태였다. 거기에 내재된 어떤 무형의 기운이 모든 것을 튕겨 냈다.

"비열한 자식! 네가 나에게 속박의 띠를 사용해? 어떻게 이럴 수가 있어!"

알레그리아가 증오 섞인 음성으로 쿠라주를 향해 외쳤다. 동시에 그녀는 제 순진함을 다시 한번 뼈저리게 실감했다.

왜 저걸 생각하지 못했을까.

자신을 배신한 순간, 그가 속박의 띠를 이용하고도 남을 성정임을 예상했어야 했다. 가진 힘을 모두 끌어모아 봤지만, 역시나 쓸데없는 짓이었다.

주신의 권능이 담긴 속박의 띠는 오로지 주신만이 풀 수 있었다. 천계의 심판자인 쿠라주가 그것을 지니고 다닌다는 사실을 인지하고 있었으면서도, 설마 제게 사용하리라고는 꿈에도 생각지 못했다. 한심하고도 안일한 대처였다.

이대로 맥없이 천계로 끌려가 개죽음을 당할 걸 생각하니 억울하고 분했다.

"그만하시죠."

"또 너야?"

자신을 향해 날아오는 알레그리아를 보며 비릿한 미소를 머금고 있던 쿠라주였다. 그가 또다시 건방지게 끼어드는 바율을 더는 참을 수 없다는 듯 노려보았다.

"주신께서 기다리시는 터라 참아 보려 했는데, 아무래도 안 되겠군."

"시간은 저도 그리 많은 편이 아닙니다. 축제 기간에 몰래 빠져나온 거라서요."

"…뭐?"

"교수님들께 들키지 않으려면 최대한 빨리 돌아가야 한다는 뜻입니다."

"축제니, 교수니…… 대체 무슨 헛소리를 늘어놓는 거

지? 지금 나랑 장난하자는 건가?"

"설마요."

바율은 진심으로 하는 말이었지만, 상대는 아마 죽었다 깨어나도 이해하지 못할 것이다. 바율은 그냥 바로 본론으로 들어갔다.

"다시 묻죠. 태고의 신물은 가져오셨습니까?"

"네놈 머리로는 이 상황에서도 그게 가늠이 안 되나 보지?"

"그럴 리가요. 마지막으로 확인해 본 겁니다. 그래도 혹시 싶었는데, 역시나 없다는 말이로군요."

"신물은 주신의 허락 없이는 아무도 손댈 수 없어! 그러잖아도 엘레오스 놈이 신물 하나를 가져가는 바람에 천계가 한바탕 뒤집혔었다고!"

"허락을 받아야 하지만, 몰래 빼돌릴 수는 있다. 그렇게 들리는군요."

침착한 바율의 대답에 쿠라주는 뭐 이런 게 다 있나 싶은 눈으로 녀석을 쳐다보았다. 인간 주제에 천신인 저를 눈앞에 두고 어찌 이리 당당한 건지, 대체 뭘 믿고 이리 나대는지 이젠 궁금하기까지 할 지경이었다.

"그렇다면 앞서 말씀드렸다시피 이대로 돌려보낼 수는 없겠습니다."

"핫! 그래?"

쿠라주는 가소로운 표정을 지었다.

"네가 지닌 그 정령의 힘으로 날 제압할 수 있다고 자신하는 것이냐? 아니면, 저 마족 놈들과 새끼 드래곤에게 도움이라도 청하려고?"

"저들의 도움은 필요 없습니다. 당신 정도면 혼자서도 충분하거든요."

"뭐라?"

쿠라주가 인상을 한껏 쓰며 바율의 전신을 훑어 내렸다. 미치지 않고서야 감히 지껄일 수 없는 말을 내뱉었기 때문이다.

감추어진 힘이라도 있는 건가?

하나 아무리 높게 쳐주어 봤자 십이기사 하나를 상대하기도 힘들어 보이는 애송이였다. 기껏해야 이미 천족들에 의해 멸망한 전적이 있는 정령의 힘을 끌어다 쓰는 놈이 아니던가.

조용히 숨을 죽이고 있어도 모자랄 판국에, 멀쩡한 알레그리아를 꼬드겨 이런 사달을 만들었다. 그 모든 게 바율의 탓인 듯해 쿠라주는 정녕 눈앞의 상대가 짜증스러웠다.

"오냐. 어디 한번 해 보거라."

재롱을 어떻게 피울지 자못 기대가 되기도 했다. 저를 만족시킨다면 목숨만은 살려 줄 아량도 있었다. 바율로 인한 아까의 전율은 이미 잊은 지 오래였다.

"어째 많이 보던 패턴이다."

"다들 왜들 그렇게 바율을 무시하는 거지?"

"인외 종족들은 죄 제 잘난 맛에 사는 건가?"

"라이, 그러니?"

친구들의 물음에 일라이는 그저 어깨를 으쓱였다.

사실 순순히 인정하긴 좀 부끄럽지만, 저만 해도 인간을 하찮게 여기던 시절이 있었다. 다행히 아카데미에 입학해 친구들을 사귀면서 그런 생각에서 벗어나게 되었지만.

하나 평생을 위에서 군림만 하며 살아온 저들은 그 습관을 쉽게 고칠 수도, 새로운 사실을 받아들이지도 못할 터였다.

아마 이후로도 이와 비슷한 상황은 많고도 많이 일어날 것이다. 그래도 나름의 통쾌함이 따르기는 하니 지켜보는 입장에선 쏠쏠한 재미마저 느꼈다.

"우선 제 동료의 안전부터 확보해야겠네요."

"동료?"

쿠라주의 의문은 오래가지 않았다. 속박의 띠에 묶인 채 십이기사에게 둘러싸여 있던 알레그리아가 어느새 자유의 몸이 되었기 때문이다.

언제, 어떻게 그녀가 풀려난 건지 제대로 보지도 못했다. 그저 금색의 밧줄만이 덩그러니 바닥에 떨어져 있었다.

"저, 저게 어떻게⋯⋯!"

쿠라주는 제 눈을 의심했다. 속박의 띠는 오직 주신만이 해제할 수 있었다. 저조차 사용만이 가능할 뿐, 풀지는 못했다.

한데 그러한 것을 어찌 이 인간 소년이 이리도 아무렇지도 않게 풀어낸단 말인가?

설마 이 아이에게 주신과 같은 권능이라도 있다는 뜻인가?

말도 안 되는 상상에 쿠라주는 저도 모르게 고개를 강하게 내저었다.

세상 어떤 힘보다 우위에 선다는 주신의 권능을 고작 인간의 능력 따위와 동일시하다니. 미치지 않고서야 할 수 없는 생각이었다.

"⋯풀려난 건가?"

얼떨떨하기는 알레그리아도 마찬가지였다. 아무리 몸부림을 쳐도 벗어날 수가 없어 자포자기하려던 찰나, 갑자기 몸이 가뿐해졌다.

십이기사들 역시 당황한 건지 알레그리아와 속박의 띠를 번갈아 바라볼 뿐, 이렇다 할 제지를 하지 않았다. 아니, 정확히는 그럴 정신이 없어 보였다.

그녀는 그 틈에 재빨리 다시금 일행의 편으로 날아왔다.

"잘 왔어, 그리아."

라나사가 그런 그녀를 반갑게 맞았다. 말은 없었지만 다른 친구들의 마음도 그녀와 같았다.

"너…… 뭐야?"

쿠라주는 알레그리아에겐 신경조차 쓸 수 없었다. 그가 창백하게 질린 채 더듬거리며 물었다.

"뭐, 뭐 하는 놈인데 감히 속박의 띠를 마음대로 다루는 거냐고! 그건 주신이 아니면 그 누구도 풀 수 없는 건데!"

"그렇습니까?"

바율은 그저 고개를 기울이며 여상하게 대꾸했다.

"그럼 이제 잘못 알고 계셨다는 걸 아셨겠네요."

"……?"

"보다시피 전 주신이 아니니 말입니다."

"그러니까, 네가 뭔데 그런 힘을 가진 거냐고 묻잖아!"

쿠라주는 급기야 거대한 분노에 휩싸였다. 한낱 인간이 저도 갖지 못한 힘을 지니고 있다는 데 그는 진심으로 대로했다. 어찌 보면 열등감의 발로 같기도 했다.

"제가 그 질문에 답해야 할 이유라도 있습니까?"

"내 말이! 지가 뭔데 성질이야?"

"그리아, 네 전 남친 성격이 왜 저따위니?"

"형편없는 건 처음 만날 때부터 알았지만, 보면 볼수록 문제점이 한두 개가 아니네."

"바율, 그냥 조져 버려!"

쿠라주를 향한 친구들의 반응은 가히 좋지 않았다. 알레그리아에 대한 태도도 태도였거니와, 기껏 태고의 신물을 찾으러 왔는데 허탕을 쳤기 때문이다.

물론 무하를 얻긴 했지만, 열두 개를 모두 모을 수 있을 거란 기대심으로 가득했기에 새삼 열이 올랐다.

"초칸들을 부탁해."

잔뜩 겁을 집어먹은 얼굴들을 보니 바율은 괜스레 미안해졌다.

초대를 받은 입장이긴 하나, 그래도 여기에 오지 않았다면 그들을 위험에 빠뜨리지 않았을 수도 있었다.

애초에 이렇게 될 걸 예상했다면 차라리 어느 한적한 곳에서 천족들을 기다렸을 터였다.

"그냥 할 수 있어서 한 것뿐입니다."

바율의 밑도 끝도 없는 발언에 쿠라주가 눈매를 가늘게 뜨자, 그가 다시 한번 말했다.

"저 끈을 어떻게 풀었냐고 묻질 않았습니까."

"……!"

"이제 답이 되었습니까?"

언젠가 고유 능력에 대해 이노센트와 스피넬이 했던 말을 고대로 따라 하며, 바율이 쿠라주를 직시했다.

그러고 보면 정식으로는 천족과의 첫 대결이었다. 엘레오스는 데스가 무참히 밟아 버리는 통에 바율에게 기회조차 오지 않았다.

천계와의 전쟁이 정녕 코앞까지 닥쳐온 듯했다.

"답이 되었냐고?"

아니, 답이 될 수 없었다.

할 수 있어서 하였다니, 그런 터무니없는 소리를 바로 믿을 만큼 쿠라주는 순진하지 않았다.

"속박의 띠에 무언가 문제가 있었던 거겠지."

그리 생각하면 간단한 것이거늘, 자신이 너무 외적인 부분에 집착했다. 의도치 않은 상황에 놀란 탓이었다.

"한데 너희들 하는 꼬락서니를 보니, 끝까지 덤빌 모양새구나."

굳이 그러하겠다면 쿠라주로서도 다른 방도가 없었다. 모조리 죽이고 알레그리아를 주신 앞에 끌고 가는 수밖에.

"십이기사는 물러나라. 내가 직접 상대하겠다."

그의 명이 떨어지기가 무섭게, 십이기사가 뒤로 훌쩍 날아갔다. 그와 동시에 쿠라주의 신형이 하늘로 뛰어오르더니 지상을 향해 형체 없는 어떤 기운을 날렸다.

콰쾅!

요란한 굉음이 연이어 대기를 진동했다. 쿠라주는 진정 오랜만에 제 모든 힘을 꺼내 쓰며 일대를 전쟁터로 둔갑시 켰다.

자욱한 먼지가 사방에 가득해졌다.

쑤아앙!

하지만 그것도 찰나에 불과했다. 잠시 후, 강풍이 몰아치 며 시야가 확 트인 탓이다. 그와 함께 드러난 장내엔 바율 이 처음과 다름없는 자세로 굳건히 서 있었다. 엄청난 맹공 격을 퍼부었음에도 조금의 상처조차 입히지 못했다.

그에 경악하는 쿠라주를 보며 바율은 빙그레 미소 지었 다.

"그럼 이제 제 차례인가요?"

그런 바율의 등 너머로 지금껏 조용하던 사대 정령이 음 산한 기운을 뿜어내며 등장했다.

Chapter 6.
전쟁 선포

1.

쿠라주는 본능적으로 뒷걸음질 쳤다.

기이한 일이었다. 분명 조금 전까지만 해도, 심지어 지금도 녀석의 기운은 십이기사에 한참 못 미치는 미미한 수준이었다. 오죽하면 그 가진 바 능력을 제대로 가늠하기가 힘들 정도였다.

한데 어떻게 제 공격을 막아 낸 것일까.

저 여유로운 미소는 또 무어란 말인가.

'설마……!'

불길한 예감이 돌연 머릿속을 스쳤다. 말도 안 되는 망상이라 치부하고 싶지만, 이런 상황에 떠올릴 수 있는 건 하나뿐이었다.

상대가 대천사인 자신보다 월등히 강할 경우.

주신을 마주할 때마다 그 힘의 크기를 파악하지 못한 채 짓눌리기 일쑤였다. 인정하고 싶지 않으나, 그 순간을 떠올려 보니 현재와 너무나도 비슷했다.

'하면 속박의 띠를 푼 것도 우연이 아니라는 건가…….'

한번 들기 시작한 끔찍한 생각은 꼬리에 꼬리를 물며 쿠라주를 얼어붙게 만들었다.

자꾸만 녀석과 주신을 비교하는 스스로가 아둔하다 싶으면서도, 왜인지 놈을 볼 때마다 저도 모르게 그리되었다.

"먼저 시비를 걸 때는 언제고 뭘 멍청하게 서 있는 거야? 그새 겁먹었냐?"

그때, 앙칼진 목소리와 함께 서늘한 기운이 쿠라주를 향해 들이닥쳤다.

솨아아아아!

지켜보는 일행에겐 그저 평소와 다를 바 없이 선선한 바람에 불과했으나, 그를 맞이하는 당사자에게는 아니었다.

마치 수십 자루의 칼날이 제 몸을 노리고 한꺼번에 덤벼 오는 듯했다.

그 바람이 쿠라주의 지척까지 다다랐을 때였다.

쐐애액!

별안간 소리가 날카롭게 바뀌었다.

"……!"

쿠라주는 오싹함에 고개를 재빨리 뒤로 젖혔다. 긴장으로 그의 목울대가 크게 꿈틀거렸다. 동시에 뺨에서 화끈한 통증이 느껴졌다. 손등을 갖다 대자 핏물이 묻어 나왔다. 비릿한 혈향은 덤이었다.

"…감히 정령 따위가 내 몸에 손을 대?"

당황은 잠시였다.

정신을 차리고 나자 찾아온 건 벼락같은 노여움이었다. 평생 살면서 제 피라고는 본 적도 없는 그였다. 통제할 수 없는 분노가 쿠라주를 집어삼켰다.

"가만두지 않겠다!"

화아아악!

쿠라주의 전신에서 찬란한 금빛 기운이 터져 나왔다. 놈이 다시는 까불지 못하도록 혼쭐을 낼 작정이었다.

"천계의 힘을 보여 주지!"

그가 템페스타를 노려보며 크게 발을 내리찍었다.

콰앙!

일대가 지진이라도 난 것처럼 거칠게 흔들리더니, 이내 지면이 갈라졌다. 바닥을 뒹굴던 흙과 돌멩이, 거대한 밀림의 나무마저 송두리째 뽑히며 허공으로 날아올랐다.

"……!"

하지만 그 모든 건 쿠라주가 눈 한 번 깜짝한 사이에 원 상태로 복구가 되었다. 처음부터 그의 착각이었던 양, 변한 것은 아무것도 없었다.

"이, 이게 무슨……!"

아니, 엄밀히 따지자면 하나 있긴 있었다.

갑작스레 그가 발을 딛고 선 공간이 출렁였다.

질척해진 땅의 느낌에 눈살을 찌푸리는 순간, 끔찍한 고통이 뒤를 이었다.

"크학!"

쿠라주는 황급히 공중으로 치솟으며 아래를 살폈다. 그런 그의 눈에 보이는 건 탐욕스럽게 입을 벌리고 있는 시뻘건 용암이었다. 언제부터인가 그의 주변만 붉은빛으로 타오르고 있었다.

"이익!"

시커멓게 변한 제 두 다리를 내려다보며 쿠라주가 이를 갈았다. 천기로 재빨리 보호했기에 망정이지, 하마터면 꼴사나운 모습을 보일 뻔했다.

쿠라주가 시퍼런 안광을 번뜩이며 바율을 죽일 듯 응시했다.

수천 년 만에 나타난 이 세계의 첫 번째 정령사.

저놈이 정령들의 중심이었고, 이 모든 걸 계획하였다.

즉, 놈이 없어지면 정령들도 같이 사라질 터.

주신과 비슷한 힘을 가졌느니 하는 생각은 이미 잊은 지 오래였다.

목표가 분명히 정해지자 그가 세 쌍의 날개를 펼치며 하늘 높이 날아올랐다. 그의 양손엔 어느새 검과 단창이 들려 있었다. 본격적으로 전투에 임하겠다는 각오였다.

"이노센트."

바율은 그런 쿠라주의 움직임을 무심한 눈길로 쳐다보며 이노센트의 이름을 나지막이 불렀다. 그 외에 별다른 말은 없었지만, 바율의 감정은 충분히 녀석에게 전해졌다.

"헤헤, 완전히 발라 버려도 된다는 거지?"

가뜩이나 망각의 지대에 와서 심심하던 차였다. 이노센트가 청순한 얼굴과는 어울리지 않는 악동 같은 웃음을 터뜨리며 손을 획 저었다.

쑤아아아아!

그러자 갑자기 허공의 어느 한 부분을 시작으로 무시무시한 양의 폭포수가 쏟아져 내렸다. 귀청이 떨어질 듯 시끄러운 소릴 자랑하며 엄청난 속도로 낙하하던 그 물길은 지면에 닿기 직전, 거대한 인형으로 변신했다.

"…이노센트?"

"근데 가로로 좀 많이…… 퍼졌네."

인형의 모습은 이노센트를 꼭 닮아 있었다. 크기와 몸매는 꽤 달랐지만, 어쨌든 그건 녀석의 분신과도 같았다.

"너, 이리 와!"

말소리는 이노센트에게서 들려왔다. 하나 정작 움직이는 건 폭포수로 만들어진 거구의 이노센트였다. 녀석이 쿠라주를 움켜잡으려 손을 뻗었다.

"아야!"

그러나 쿠라주의 대처가 한 발 더 빨랐다. 그가 거대한 손등을 검과 창으로 단번에 뚫고 나온 것이다. 그 탓에 마치 손목이 잘린 것처럼 이노센트의 한쪽 손이 사라졌다. 물론 그것은 아주 잠깐이었다. 손은 금방 다시 재생되었다.

"어쭈? 지금 발악하냐?"

이노센트의 눈썹이 바르르 떨렸다. 자존심이 상한 게 분명했다.

"내가 적당히 하려고 했었는데, 안 되겠네."

'조금 전에 발라 버리겠다고 그러지 않았었나?' 하는 누군가의 음성이 흘러나왔지만, 다행히 녀석은 듣지 못한 듯했다.

"손이 싫은 것 같으니 발로 놀아 줄게."

이노센트의 입꼬리가 사악하게 말려 올라갔다. 이윽고 녀석이 발을 크게 들어 올리며 쿠라주를 향해 힘껏 내뻗었다.

쾅! 쾅! 쾅! 쾅!

거대한 발은 마치 하나의 해머 같았다. 녀석의 발이 닿는 곳마다 땅이 움푹 팬 것은 물론, 흥건해진 물이 튀면서 주위가 온통 진창으로 변했다.

다행인지 불행인지 쿠라주는 날쌘 제비처럼 방향을 선회하며 이노센트의 공격을 요리조리 빠르게 피했다.

그러다 기회가 왔다.

애초부터 그가 노린 건 녀석이 아니라 바율이었다.

모든 정령을 다스리는 최초의 정령사.

"감히 주신을 능멸한 죄, 네 목을 거두는 것으로 응징하겠다!"

쇄애애액!

쿠라주의 검과 창이 대기를 가르며 바율에게로 쏘아졌다. 날카로운 창검이 금세 눈앞까지 날아왔지만 바율은 별다른 동요를 보이지 않았다.

"능멸?"

오히려 눈을 내리깔며 조소했다.

자신을 낮잡아 보는 듯한 그 태도에 쿠라주는 눈이 돌아갔다. 그 순간, 무슨 일이 있어도 이놈만은 꼭 자신이 죽이리라 다짐했다.

하지만 그가 간과한 사실이 있었으니.

휘릭!

부지불식간에 나무뿌리가 튀어나와 그의 발목을 움켜쥐었다. 그로 인해 몸의 균형이 깨지며 그의 창검은 바율의 근처에도 다다르지 못했다.

"이 새끼들이!"

쿠라주가 눈을 희번덕거리며 나무뿌리를 잘라 냈다. 제회심의 공격이 정령 따위에게 막혀 버렸다는 데 살의가 들끓었다.

이걸 믿고 저를 그리 비웃은 게 틀림없었다.

"이번에는 내 정녕……!"

쿠라주가 재차 바율을 향해 검을 곧추세우려 할 때였다. 고개를 든 그의 시야를 가득 채운 건 시리도록 푸른 물이었다. 정확하게는 이노센트의 거대한 발바닥이었지만, 너무 가까웠던 탓에 그로서는 그 형태를 제대로 인지할 수조차 없었다.

콰아앙!

먼지처럼 자욱한 물보라가 피어났다.

쿠라주는 비명조차 지르지 못했다. 온몸에 전해지는 엄

청난 충격에 정신을 차리기도 힘들었다.

"너, 이러고도 계속 까불래?"

이노센트의 발길질은 당연히 한 번으로 끝나지 않았다. 저를 피해 바율에게 해코지하려 한 놈의 행태에 녀석은 진심으로 열이 오른 상태였다.

"또 그래라, 엉?"

퍽!

"사람 보는 눈이 그렇게 없냐?"

퍽!

"언제까지 피할 수 있을 줄 알았는데?"

퍽!

"얌전히 살려 달라고 해도 모자랄 판에 말이야!"

퍽!

"전에는 주먹질을 해 대더니, 이젠 발길질인가."

"쟤, 진짜 물의 정령왕 맞아? 하는 짓은 그냥 완전 뒷골목 깡패 같은데?"

"휴, 두 눈으로 보고 있으면서도 참 어이가 없다."

참으로 이노센트다운 행동이었지만, 친구들은 약속이라도 한 듯 저마다 혀를 내둘렀다. 물론 그런 한편으로는 다음에 또 어떤 모습을 보여 줄지 자못 기대가 되기도 하였다.

"야, 물. 그만해."

"그래. 그러다 진짜 죽겠다."

"…죽여도 되는 거 아니었어?"

스피넬과 템페스타가 중간에 말리지 않았다면 쿠라주의 목숨은 실로 어찌 되었을지 알 수 없었다.

화라라락!

스피넬이 못 말린다는 양 한숨을 내쉬곤 쿠라주를 불의 감옥에 가두었다. 함께 온 십이기사들은 진즉부터 그녀에 의해 갇힌 상태였다.

"으아아악!"

쿠라주의 꼴은 엉망이었다. 말끔하던 행색은 어디 가고, 진흙탕에서 뒹군 짐승 같은 꼴을 하고 있었다.

그래도 과연 대천사라는 건지, 그가 고함을 내지르며 사방으로 창검을 휘둘렀다.

하나 스피넬의 불의 감옥은 견고했다. 이글이글 타오르는 창살 속에서 그가 할 수 있는 거라곤 고작 욕을 쏟아 내며 발버둥 치는 일뿐이었다.

바율은 그런 쿠라주를 한참을 지켜보다가 조용히 그 앞으로 걸어갔다.

그리고 물었다.

"기분이 어떻습니까?"

"……?"

"당신들이 멸망시켰던 정령에 의해 굴복당한 기분이 어떤지 궁금해서 말입니다."

바율은 시선을 들어 스피넬이 만든 불의 감옥을 찬찬히 훑었다. 그러다 문득 뜨거운 창살을 강하게 움켜잡았다.

그에 쿠라주와 십이기사는 저들도 모르게 움찔했다. 어마어마한 열기로 인해 그들은 가까이 다가갈 수조차 없었다. 한데 그런 것을 아무렇지도 않게 만지고 있으니 응당 놀랄 수밖에 없었다.

"돌아가서 전하세요."

바율이 창살을 놓으며 쿠라주를 똑바로 마주 보았다.

"전쟁은 이제 시작되었다고. 내가, 반드시 당신들의 주신을 죽이고 말 거라고."

그렇게 말하는 바율의 눈동자가 사색이 아닌 오색으로 번쩍거렸다.

2.

"바율, 너 미쳤어? 화가 난 건 충분히 이해하는데, 그렇다고 그런 말을 함부로 막 하면 어떡해!"

"…내가 뭘?"

"헐! 지금 몰라서 되묻는 거냐?"

에이단이 기가 찬다는 듯 제 가슴을 주먹으로 내리쳤다.

"너 진짜 많이 변했다. 뭐, 이런 점이 싫다는 건 아니지만. 아무튼, 난 걱정된다고!"

"그러니까 무슨 걱정?"

바율은 정말 모르겠다는 양 제이콥이 갖다 준 음료를 시원하게 한 모금 넘기며 에이단을 향해 눈을 깜박였다. 그러자 녀석이 광장의 한쪽에 자리한 불의 감옥을 손가락으로 가리키며 외쳤다.

"네가 저 자식에게 선전포고했잖아! 주신에게 가서 전하라면서?"

"아, 그거?"

"지금 이 사달을 벌여 놓고 한다는 말이 겨우 아, 그거? 그게 다야?"

에이단이 황당하다는 듯 인상을 찡그리곤 바율의 말투를 고대로 따라 했다.

"애가 정말 간덩이가 부었네. 그러다 주신이 바로 쳐들어오면, 그땐 어쩔 건데?"

"주신은……."

"지금 우린 아직 태고의 신물을 다 모으지도 못했잖아! 심지어 남은 하나는 천계에 있다고!"

"에이단……."

"그런 상황에 주신을 자극해서 얻을 게 뭐가 있냐? 내 말이 틀려?"

"저기 내 말 좀……."

"안 그래, 얘들아? 너희도 무슨 말 좀 해 봐라!"

흥분한 에이단이 계속해서 말허리를 자르자 결국 대화를 포기한 바율은 한숨을 내쉬며 음료만 더 들이켰다. 한차례 싸움을 하고 나서인지 전보다 더 달게 느껴졌다.

"주신은 나서지 않을 거예요."

그때, 불의 감옥을 노려보고 있던 알레그리아가 조용히 입을 열었다.

"그게 무슨 뜻이야?"

"주신이 나서지 않는다니?"

에이단처럼 대놓고 나서지만 않았을 뿐, 친구들도 녀석과 비슷한 생각을 하던 중이었다. 마지막 신물이 하필이면 천계에 있다는 소식에 초조함마저 느끼고 있었다.

"이 세계의 주신이십니다. 모든 걸 눈짓 한 번으로 좌지우지할 수 있는 분이시죠. 적어도 아직까지 대부분이 그렇게 믿고 있어요. 한데 그런 분이 고작 인간들과 그 외 종족

몇몇을 상대하기 위해 직접 나선다면, 그건 너무…… 모양 빠지지 않겠어요?"

"단순히 그딴 이유로 내버려 둔다고?"

"절대 단순한 문제가 아닙니다. 우습지만 위신과도 직결되는 일이니까요. 게다가 아버지는 자존심이 무척 세시거든요."

"에이단, 내가 하려던 말도 이거였어."

바율은 제 속이 다 후련했다.

"너도? 그리아는 그렇다 쳐도, 네가 그걸 어떻게 알고?"

"그냥 감이 그럴 거 같더라고."

"감……?"

친구들은 저마다 어이없는 기색이었다. 하지만 다른 녀석도 아니고 바율이었다. 그런 만큼 저 '감' 이라는 단어 속에 포함된 뜻 역시 단순히 운이나 느낌 따위만은 아닐 것이다.

"이젠 무슨 예지력 같은 거까지 생긴 거냐?"

"미래가 막 보여?"

"아니. 그런 게 아니라, 그냥 요즘 주신에 대해 자주 생각하고 있거든. 어떤 식으로든…… 내가 가장 마지막에 죽여야 할 상대니까."

이제 바율의 입에서 죽이니 어쩌니 하는 말이 나와도 크게 거리낌이 없었다. 말하는 녀석이나 듣는 친구들이나 어색함을 느끼지 못할 정도였다.

"그러다 보니 저절로 깨닫게 된 거야. 지금은 내가 어떻게 나가도 주신이 직접 나서지는 않겠구나, 하고."

"그래서 선전포고를 먼저 날린 거야?"

"…천족을 보니까 좀 화가 나기도 했고. 겸사겸사였지, 뭐."

바율은 정령계에 계신 어머니와 형을 한시도 잊은 적이 없었다. 그의 가족을 되찾기 위해서라도 정령계의 부활은 반드시 이뤄져야만 하는 일이었다.

그리고 애초에 정령계가 사라진 이유가 모두 저자들, 천족 때문이었다. 과거 허무하게 죽어 간 수많은 정령을 위해서라도 바율은 그 복수를 대신해야만 한다는 막중한 책임감을 느꼈다.

"하긴, 우리도 이렇게 성질이 나는데 넌 오죽할까."

"어쨌든, 그럼 일단 주신의 그 자존심 덕분에 한고비 넘긴 건가?"

"글쎄요. 고비를 넘긴 건지, 이제 넘어야 하는 건지는 아직 장담할 수 없습니다."

알레그리아의 어조는 여전히 차분했지만, 그와 대조적으로 눈빛에는 근심이 가득했다.

"직접 나서지는 않을지언정 보복은 할 거 같다는 말로 들리는데."

"네, 맞습니다."

퀸의 지적에 그녀가 한층 더 어두워진 안색으로 고개를 끄덕였다.

"적어도 그냥 지나치지는 않으실 겁니다."

"예상 가능한 반격으로는 뭐가 있지?"

"미안하지만 거기까지는 모르겠군요."

알레그리아는 여태껏 자신이 아버지인 주신에 대해 잘 안다고 믿었었다. 그러나 이제 와서 생각해 보면 제대로 아는 것이 거의 없었다. 민망할 정도로.

"미안해할 필요 없습니다."

바율이 죄책감으로 물드는 알레그리아를 똑바로 마주 보았다.

"당신은 이제껏 최선을 다했어요. 그러니 지금은 우선 감정을 추스르는 게 좋을 것 같습니다."

"…이제 나를 믿어 주는 건가요?"

"그동안은 우리로서도 상황이 어쩔 수 없었다는 거, 잘 아실 겁니다. 하지만 조금 전 저들은 당신을 납치하려고까지 했어요. 그걸 보고도 더 의심을 할 순 없겠지요. 동료로서 받아들이겠습니다."

"그래, 그리아. 위로가 될지 모르겠지만, 앞으로는 우리가 네 편이 되어 줄게."

"맞아! 저딴 쓰레기 같은 자식은 빨리 잊어버려."

"너도 나중에 알게 되겠지만, 우리랑 놀면 재밌는 일이 꽤 많아. 심심하지는 않을걸?"

"아, 근데 대신 가끔 어처구니없거나 짜증 나는 경우가 생길 순 있어. 그건 미리 이해 부탁할게."

"라나사, 그걸 왜 우릴 보면서 말하는데?"

"그래! 왜 라이랑 나를 봐?"

일라이에 이어 에이단까지 버럭 큰소릴 내자 라나사가 눈을 동그랗게 뜨며 고개를 가로저었다.

"오해는 금물이야. 그냥 시선이 거기로 향했을 뿐이지, 다른 뜻은 없었어."

"맞아. 나도 그렇게 봤어."

"로건! 너는 사촌이라고 네 누나 편드냐?"

"다 조용히 해 봐."

괜히 다른 얘기로 새기 전에 퀸이 제지에 나섰다.

"바율. 저 천족들, 정말로 살려서 보낼 거야? 난 안 그랬으면 좋겠는데."

"나도."

"그 생각엔 나도 동감."

퀸의 말이 끝나기가 무섭게 라나사와 로건이 동의를 표했다.

"주신이 직접 나서든 아니든, 굳이 이쪽에서 먼저 자극해서 좋을 건 없잖아. 그냥 여기서 끝내 버리는 게 낫지 않겠어?"

"야. 그래도 여기는 말고, 조금 떨어진 곳에서. 초칸들 생각도 좀 해 줘야지."

난데없이 하늘에서 나타난 천족들을 보고 놀라기도 잠시. 일행의 정체까지 전부 까발려졌다.

평범한 인간이 아니리란 것은 짐작했지만, 막상 두 귀로 마족이니 드래곤이니 하는 소리를 듣자 초칸들은 좀처럼 정신을 차릴 수가 없었다.

그나마 현재 제이콥을 포함한 몇몇 초칸들이 그들의 수발을 들고 있긴 하나, 그 역시 눈만 마주쳐도 덜덜 떨어 대는 통에 일행은 애써 그쪽을 보지 않기 위해 노력하는 중이었다.

"그게 뭐 어렵다고. 시야 정도는 내가 차단할 수 있어."

"오, 그래?"

"그거 잘됐다. 그럼 말이 나온 김에……!"

뿌우우우—

라나사의 음성이 어디선가 울려 퍼지는 기이한 소음에

묻혔다. 갑작스레 고막을 뚫고 들려오는 묵직한 나팔 소리
에 일행은 다들 어리둥절하며 일어섰다.

"서, 설마……!"

개중 알레그리아의 얼굴은 창백하기 그지없었다. 그야말
로 순식간에 핏기가 가셨다. 그녀가 떨리는 음색으로 '아
닐 거야'를 속절없이 중얼거렸다.

"데스……."

식어 버린 고기에 불을 지펴 뒤늦은 식사에 몰두하고 있
던 마황이 제 동생을 돌아보았다. 그런 그의 낯빛 역시 평
소의 그답지 않게 꽤 심각했다.

"제대로 한판 해 보자는 거군."

데스가 뜯고 있던 고깃덩이를 신경질적으로 집어던졌다.
한순간에 엄청난 마기가 그의 전신에서 피어올랐다.

"데스?"

그 마기에 바율이 움찔하며 그를 돌아볼 때였다.

"크르르르르!"

바율의 곁에 있던 무하가 털을 곤두세우며 낮게 울음을
토했다. 녀석이 지금껏 적대감을 드러낸 건 천족이 유일했
다.

이 반응은 설마……?

바율이 고개를 젖힌 순간이었다.

쿠쿵! 쿠쿵!

길고 긴 나팔 소리가 끊어지고, 별안간 하늘이 일렁거렸다. 마치 바다에 너울이 일 듯 대기가 진동하는가 싶더니, 이번엔 느닷없이 구름이 반으로 갈라졌다.

후우우웅!

그 갈라진 구름 사이로, 태양 빛에 버금가는 눈 부신 빛이 지상으로 내리쬐었다. 동시에 누군가의 노랫소리가 함께 들려왔다.

성스러움이 가득 담긴 음성은 초칸들을 환희와 기쁨으로 물들게 하기 충분했다.

"오오!"

"오오오!"

탄성을 쏟아 내던 초칸들이 돌연 땅에 무릎을 꿇더니, 양손을 모아 기도하는 자세를 취했다. 그들은 저마다 감격의 눈물을 흘리고 있었다.

일행이 의아하게 여길 새도 없었다. 빛이 시작되는 지점에서 무언가가 내려오고 있었기 때문이다.

하나, 둘, 셋······.

금빛 갑옷을 입은 천계의 기사가 끊임없이 지면으로 낙하했다.

엄청난 대군이었다.

쿠라주의 패배를 예견이라도 한 듯, 주신의 군사가 완벽 무장을 한 채 일행의 앞에 나타난 것이다.

등에 달린 날개의 수가 제각각이었다. 천계의 기사들은 넓은 광장을 금세 꽉 채우고도 멈출 줄 모르는 기세로 계속해서 내려왔다.

"이게 전략 수업 시간 때 배웠던 인해전술이라는 거냐?"

에이단은 부러 가벼운 분위기로 말하려 했지만, 그런 녀석의 목소리엔 긴장감이 역력히 배어 있었다.

그건 친구들이라고 다르지 않았다. 난데없이 하늘의 문이 열리고, 이토록 많은 천계의 군사가 그들을 상대하러 올 것이라곤 누구도 예상하지 못했다.

"다들 정신 똑바로 차려."

데스가 주위를 훑으며 경고했다. 언제 어디서든 여유로움을 잃지 않던 그가 처음 보는 태도로 말해 왔기에 일행은 더욱 긴장할 수밖에 없었다.

포위된 지는 이미 오래였다.

"크아아악!"

어디서부터 비명이 시작된 건지 알 수 없었다. 천족들이 움직였고, 그때부터 여기저기서 초칸들이 무참하게 살육되었다.

그들이 노리는 건 일행만이 아니었다. 밀림에 존재하는 모든 생명체를 말살해 버리겠다는 듯, 그 어떤 망설임도 없이 검을 휘둘렀다.

서걱! 서걱!

잔혹한 그 행태에 사방으로 피가 난무하며 초칸들의 시체가 쌓여 갔다. 부지불식간에 벌어진 사태에 미처 방비할 틈도 없었다.

"다들, 초칸들을 지켜 줘!"

바율은 늦게나마 정령들에게 서둘러 부탁했다. 처음 보는 천계의 군사에 넋이 빠져 미련하게 굴고 말았다. 자책감에 이어 거대한 분노가 가슴 안쪽으로부터 차올랐다.

"크하아앙!"

그때, 무하가 거친 울음을 터뜨리며 뛰어올랐다. 녀석이 커다란 몸뚱이를 이용해 천족 하나를 그대로 찍어 누르곤 머리를 한껏 든 채 사납게 포효했다.

"아악!"

얼이 나가 있던 에이단이 돌연 신음을 터뜨린 것은 그때였다. 갑자기 녀석의 몸이 사시나무 떨듯 흔들리더니, 두 눈의 동공이 초점을 잃었다. 그와 동시에 입에서는 알 수 없는 언어가 흘러나왔다.

"뭐, 뭐야?"

"얘 왜 이래?"

의문은 오래가지 않았다.

숲이 울었다.

밀림 전체에 퍼져 있던 수천수만의 짐승들이 일제히 울음을 토해 내며 달려오고 있었다.

Chapter 7.
테이밍 각성

1.

"깨어나라…… 내가 선택한 자여……."

굵직하면서도 낮은 음성이 에이단의 머릿속을 울렸다. 갑작스러운 고통과 함께 찾아온 그 거부할 수 없는 기운에 녀석은 간신히 눈을 들어 앞을 바라보았다.

"…무하?"

눈앞의 청년은 분명한 사람이었다. 그럼에도 에이단은 그를 보자마자 짐승인 무하를 떠올렸다

이유는 특별하지 않았다. 그저 그의 눈동자가 무하와 같은 빛깔의 오드 아이였기 때문이다.

각각 금과 은으로 반짝이는 신비스러운 눈. 그걸 마주하

고 나니 에이단은 더는 아무런 통증도 느껴지지 않았다.

조금 전까지만 해도 온몸의 세포가 조각날 듯 여기저기가 아리고 쓰렸건만, 한순간에 거짓말처럼 말짱해졌다. 지금은 외려 평소보다 몸이 한결 가벼워진 것 같은 느낌마저 들었다.

"역시 내가 보이는군. 너라면 날 알아볼 줄 알았다."

무하의 입꼬리가 비스듬하니 올라갔다. 마치 저를 보는 에이단이 대견하다는 양.

"내 시력은 지극히 정상인데…… 혹시 널 보면 안 되는 거야? 정말 무하가 맞긴 해?"

"그렇다. 방금의 그 말은, 다행이란 뜻이지. 인간 중에선 처음이니."

"…처음?"

"날 볼 수 있다는 건 곧 내가 될 수 있다는 의미이기도 하니까."

선뜻 이해가 가지 않는 말투성이였다. 그에 에이단이 고개를 갸웃하자 무하가 가까이 다가왔다.

"시간이 없다. 저들이 밀림을 더 망치기 전에 네가 나서야 해."

"저들이라는 게 혹시 천족을 말하는 거야?"

"그래. 이전부터 지금까지, 늘 나의 세계를 망가뜨려 온

족속들이지."

무하의 오드 아이가 일순 증오심으로 번뜩였다. 그와 더불어 칠흑처럼 까만 그의 긴 머리칼도 사방으로 흩날렸다.

"나의 백성을 너에게 맡기겠다."

"백성……?"

그러고 보니 분명 아까도 무언가를 맡긴다고 했었다. 그러나 에이단은 그때나 지금이나 무하가 말하는 말의 뜻을 정확히 알아들을 수 없었다.

"……!"

무하에게서 돌연 짙은 숲의 향기가 피어오른 것은 그때였다. 동시에 별안간 에이단의 뇌리로 온갖 생각이 물밀 듯 몰려들었다. 그건 망각의 지대에 서식하는 짐승들의 사념이었다.

한꺼번에 폭발하듯 쇄도해 들어오는 각양각색의 정념으로 인해 에이단은 또다시 비명을 지르며 부르르 몸을 떨었다. 이토록 방대한 사고가 일시에 저를 덮친 건 태어나 처음이었다.

"에이단!"

문득 무하의 벼락같은 호통이 녀석의 귓가에 메아리쳤다.

"정신을 집중해라! 너는 내가 택한 자이니라. 나의 백성이 곧 너의 눈과 귀, 팔과 다리가 되어 줄 것이며, 너를 곧 나처럼 섬길 것이다. 하니 너 역시 그들의 진정한 주인이 되어야 한다!"

"크으윽."

머리가 터져 나갈 듯한 지독한 두통이 에이단을 강타했다. 앙다문 잇새로 끊임없이 신음이 새어 나왔다. 이를 어찌나 세게 물었는지, 녀석의 입가에서 주룩 붉은 피가 흘러내렸다.

하지만 그런 와중에도 무하의 목소리는 선명하게 와닿았다. 그가 했던 말들을 비로소 이해할 수 있었다.

진동하는 숲이 느껴졌다.

저를 향해 달려오는 벅찬 힘들이 고스란히 온몸을 타고 흐르며 전해졌다.

2.

번쩍!

에이단이 두 눈을 부릅뜬 순간, 금빛과 은빛이 뒤섞인 광채가 터졌다. 그의 시야에 처음으로 들어온 건 뾰족하게 솟은 수풀이었다.

사삭— 사삭—

풀잎이 얼굴을 스치며 지나갔다. 힘껏 뛰어오느라 숨이 목까지 차올랐지만, 아직은 나설 때가 아니었다. 재규어는 거대한 덩치와는 어울리지 않게 기척을 완벽히 숨긴 채 명을 기다렸다.

지금이야!

이내 그를 인도하는 목소리가 들렸다.

"크하아앙!"

재규어에게서는 한 줌의 망설임도 찾아볼 수 없었다. 놈은 그간 참았던 울음을 거칠게 터뜨리며 천계의 기사에게로 거침없이 달려들었다. 날카로운 이빨이 순식간에 천족의 갑옷을 꿰뚫고 불긋한 피를 흩뿌렸다.

에이단의 시점이 휙휙 빠르게 전환되었다. 밀림의 모든 재규어가 나무 위에서, 바위 끝에서, 수풀 속에서 튀어나왔다. 그들은 저마다 어떤 대단한 사명을 가진 양 미친 듯이 천족들을 물고 할퀴어 댔다.

"후우!"

에이단은 호흡을 가다듬었다. 머리를 잠시 내저어 정신

을 차린 녀석은 서둘러 다음 공격에 나섰다. 이번에 그의 시야를 채운 건 울퉁불퉁한 땅이었다.

오싹한 소름이 잇따라 에이단을 덮쳤다. 재규어의 뜨거운 숨결과는 또 다른, 얼음장처럼 차디찬 심장이 규칙적으로 맥동했다.

스스스슷.

그 주인공은 밀림의 숨은 암살자, 뱀이었다.

끝이 갈라진 길쭉한 혀를 날름거리며 수만 마리의 뱀들이 바닥을 기었다. 그들이 노리는 건 재규어와 싸우고 있는 천족들의 발목이었다.

"끄아아아!"

이윽고 여기저기서 비명이 쏟아졌다.

재규어의 송곳니만큼 날카롭고 저돌적이지는 않으나, 놈들에게는 닿기만 해도 살이 타들어 갈 정도로 강한 독성이 있었다. 제아무리 천기로 몸을 보호하고 있다고 해도 단기간에 그걸 완전히 해독하는 건 불가능했다.

"꺄꺅!"

"꺄꺄꺅!"

그러는 동안, 어느 순간인가부터 밀림의 나무들이 사납게 흔들렸다. 나뭇가지에 앉아 숲이 떠나가라 울부짖는 짐승들의 정체는 원숭이였다.

거구의 원숭이들은 그대로 적진을 향해 뛰어들어 서슴없이 육탄전을 벌였다. 상대적으로 체구가 작은 녀석들은 천족을 향해 방해가 될 만한 것들을 무차별적으로 던지며 아군을 도왔다.

"으으."

에이단은 시야가 빙빙 도는 느낌이었다. 이전에는 동물들과 시선을 맞추고 대화를 했던 정도였다면, 이제는 꼭 자신이 그들의 몸속에 들어가 있는 듯한 기분이었다.

분명 테이머로서는 엄청난 진화였으나, 갑작스러운 성장에는 으레 무리가 따르는 법이었다. 쉬지 않고 몰아치는 사념 탓에 에이단은 온전한 제 생각을 하기가 힘들었다.

"삐욕!"

그런 에이단이 걱정스러웠는지, 정수리에서 내내 안절부절못하고 날개만 퍼덕이던 잉그리드가 짧은 울음을 토하며 부리로 에이단의 머리를 콕콕 찍어 댔다.

"괜찮아, 잉그리드. 나 아직 멀쩡해."

에이단은 손을 뻗어 잉그리드를 쓰다듬곤 크게 숨을 들이켰다.

녀석이 변신수로 변하지 않고 계속 곁에 있는 건 혹시나 제게 무슨 일이 생길까 하는 근심 때문이었다. 괜한 염려를 하게 만든 것 같아 에이단은 조금 미안해졌다.

"그동안은 어린애 장난 수준이었네."

무하를 통해 알게 된 새로운 테이밍의 세계는 이전과 질적으로 극명한 차이가 있었다. 천계의 기사가 계속해서 내려오는 이러한 상황에 일행에게 조금이라도 도움이 될 수 있어서 다행이었지만, 한편으론 자신이 어디까지 버틸 수 있을까 하는 우려의 마음도 생겼다.

하나 모두가 정신없이 전투에 임하고 있었다.

절대다수와의 목숨을 건 투쟁이었다.

"나라고 몸을 사릴 순 없지."

에이단은 주먹을 말아 쥐며 질끈 눈을 감았다. 그리고, 이 밀림에서 가장 개체 수가 많은 '그들'을 불러들였다.

츠츠츠츠—

애애앵!

비록 바율과 친구들은 예외였지만, 본래 망각의 지대에 들어서는 순간 가장 먼저 접하게 되는 존재들이었다. 이들은 밀림의 또 다른 지배자라고까지 불리곤 했다.

갖가지 벌레들의 울음소리가 마치 합창을 하듯 여기저기서 끊임없이 울려 퍼졌다.

수를 헤아리는 것 자체가 불가능했다. 이름도 알 수 없는 독충들이 천족들의 갑옷 사이사이로 파고들었다. 그들은 노려야 하는 대상이 누구인지를 확실하게 인지하고 있었다.

"흐앗!"

천계의 기사 하나가 제 어깨를 문 재규어의 목덜미를 우악스럽게 잡아 땅으로 내던졌다.

서걱!

그러곤 마침 아가리를 벌리며 튀어나온 뱀의 머리통과 함께 재규어의 몸통을 반으로 갈랐다. 피가 분수처럼 터지자 그가 천기를 폭발시켰다.

후우우웅!

그러자 그의 몸에 덕지덕지 붙어 있던 벌레들은 물론, 금빛 기운에 휘말린 근처의 짐승들마저 사방으로 튕겨 나갔다.

이 많은 동물이 갑자기 아무 이유도 없이 나타나 저들에게 달려들지는 않았을 터.

천계의 기사가 두 쌍의 날개를 빠르게 펄럭이며 다급히 주변의 흐름을 살폈다. 그러다 홀로 눈을 감고 있는 에이단을 발견했다.

"네놈이로구나."

하찮은 짐승 따위로 감히 천족을 상대하려 하다니.

그에게서 흉포한 기세가 뻗어 나왔다.

파핫!

천족의 신형이 돌연 자취를 감추었다. 그가 이내 다시 나타난 곳은 에이단의 지척이었다.

"감히 주신에게 대적하는 자, 죽음만이 유일한 회개의 길이니라!"

천족의 칼날이 에이단의 목에 닿기 직전이었다.

"끼아아아!"

피그미부엉이인 잉그리드의 몸체가 순식간에 부풀더니, 커다란 두 발로 에이단의 양쪽 어깨를 단단히 틀어쥐고는 하늘 높이 날아올랐다.

그 덕에 마치 공간 이동이라도 한 듯 에이단과 천족의 거리가 삽시간에 벌어졌다.

"크아아앙!"

그는 미처 에이단을 쫓아가지 못했다. 정확히는 그럴 틈이 없었다. 재규어와 뱀, 독충은 물론이요, 온갖 짐승들이 그를 향해 재차 달려들었기 때문이다.

하찮은 것들이라 멸시했건만, 끝도 없이 몰아치는 데는 장사가 없었다. 결국 죽음을 목전에 둔 비명이 전장에 하나 더 추가되었다.

"잉그리드, 고마워."

"미우! 미우!"

잉그리드가 당연하다는 듯 울며 에이단을 등에 태웠다.

그런 녀석의 등을 손으로 쓸어 준 에이단은 밑을 내려다보았다.

역시 다들 발군의 실력을 보여 주고 있었다.

바율과 정령들은 말할 것도 없거니와, 마황과 데스의 손길 한 번에 천족들이 우수수 흔적도 없이 소멸했다.

퀸과 일라이는 제각각 그들의 특기인 물과 불로 적을 상대하고 있었고, 알레그리아 또한 제 동족이라 그런지 어떻게 상대해야 하는지를 잘 아는 기색이었다.

바율의 수행 기사인 이언은 만월 기사단으로서의 실력을 가감 없이 발휘하고 있었다. 로건과 라나사 역시 기사학부의 기대되는 인재들인 만큼 제 몫을 톡톡히 해냈다.

바율의 배려인지, 그런 그들 주위엔 불의 상급 정령인 알레그로와 물의 상급 정령인 토파즈가 흡사 호위하듯 붙어서 천족과 싸우고 있었다.

"더럽게 많네."

위에서 보니 천족의 수가 얼마나 되는지 다시금 실감이 났다.

주신이 자신들을 죽이려 이 많은 군사를 내보냈다는 사실에 에이단은 새삼 분노를 느꼈다. 일행이 지키고는 있지만, 이미 망각의 지대는 쑥대밭이 되어 가고 있었다.

이 세계에서 사라져야 할 건 자신들이 아니라, 주신을 비롯한 천족들이었다. 죄 없는 초칸들까지 학살한 그들의 잔혹함은 진정 끔찍했다. 신으로서의 자격을 논할 필요도 없었다.

"그래, 어디 끝까지 해 보자고! 잉그리드!"

에이단이 소리치자 잉그리드가 엄청난 속도로 하강했다. 그런 녀석의 부리와 발톱은 평소와 비교할 수 없을 만큼 뾰족하고 예리하게 벼려져 있었다.

3.

로건과 라나사의 등이 서로를 의지하며 맞닿았다. 언젠가부터 난전이 벌어지면 저절로 그리되는, 몸에 익은 일종의 습관이었다.

"하아, 하아."

각자의 거친 숨소리가 적나라하게 들렸다.

"괜찮아?"

"너나 걱정해."

염려 섞인 로건의 말을 라나사가 툭 받아쳤다. 그러자 로건이 전방을 응시한 채 픽 웃었다.

"하긴, 내 코가 석 자인데 지금 누굴 걱정해."

적이 많아도 너무 많았다. 자신과 같은 인간이었다 하더라도 그 수에 기가 질렸을 텐데, 저들은 무려 천계의 기사였다. 에고 소드인 기드온의 힘이 아니었다면 아마 그는 지금껏 버티지도 못했을 것이다.

검을 손에 쥔 이후로 하루도 수련을 게을리한 적이 없었건만, 천족과의 전투는 역시나 녹록지 않았다.

"온다."

그나마 그들을 지켜 주는 정령들 덕분에 아주 잠깐씩 휴식할 수 있었다. 귀를 파고드는 라나사의 경고에 로건은 서둘러 재차 검을 곧추세웠다.

"조심해."

"너도."

서로의 무사를 짧게 기원하며 세이모어가의 두 남매가 다시금 새롭게 뛰어올랐다.

캉! 캉! 캉!

검과 검이 부딪치며 불꽃이 튀었다.

'기운이 장난 아니군.'

로건을 공격해 들어오는 천계의 기사는 엄청난 거구의 사내였다. 친구들 사이에선 나름 장신으로 통하는 그가 명함도 못 내밀 정도였다. 그 덩치에 걸맞게 힘 또한 장사라서 한번 검이 충돌할 때마다 근육이 놀란 듯 작게 경련을 일으켰다.

시간이 흐를수록 체력이 서서히 떨어지는 저와 달리, 상
대는 마치 마르지 않는 원기를 가진 것처럼 더욱 날래게 움
직였다.

—힘으로 맞서려 하지 말아라…….

"아."

그때, 기드온의 조언이 로건의 정신을 일깨웠다.

—최고의 방어는…… 그대로 흘려보내는 것이다. 어린
시절…… 가장 먼저 배운 기술이거늘…… 그새 잊었나?

"당연히…… 잊지 않았어."

그건 로건의 특기 중 하나이기도 했다. 로건은 그저, 어
느 순간인가부터 저도 모르게 호기를 부리고 있었다.

에고 소드인 기드온의 능력을 다룰 수 있게 되면서, 힘
으로 덤벼 오는 상대를 저 역시 힘으로 누르고 싶다고 생각
하게 된 것이다. 기존의 그답지 않은 마음가짐이었다. 어찌
보면 검술에서만큼은 누구에게도 지기 싫은 욕심이 이처럼
표출되었을지도 몰랐다.

"바보짓은 이쯤 할게."

아무래도 좀 강해졌다고 그새 자만을 했던 모양이다.

로건은 전신의 힘을 뺐다. 하나 그의 눈빛은 도리어 이전
보다 훨씬 매서워졌다.

쇄애액!

로건이 수세에 밀려 몸을 사리는 거라 여겼는지, 천계의 기사가 기합성을 터뜨리며 대검을 크게 휘둘렀다.

"크하아앙!"

그런 천족의 어깨로 재규어 한 마리가 달려든 것은 그때였다.

부지불식간에 벌어진 일이었다. 갑옷을 뚫고 살점을 뜯어내는 소리가 소란한 와중에도 생생하게 들려왔다.

천계의 기사는 거대한 덩치의 재규어에게 어깨를 물린 상태에서도 쓰러지지 않았다. 균형이 약간 흐트러졌을 뿐, 당황한 기색도 보이지 않았다. 그저 귀찮아하는 느낌이랄까.

하나 로건에게는 그 찰나의 빈틈이야말로 절호의 기회였다.

"하앗!"

세이모어가의 상징인 순흑빛 오러가 그의 검신에 길게 피어올랐다. 로건은 망설이지 않고 그대로 천족의 허리를 향해 맹렬하게 검을 날렸다.

"크아아악!"

천계의 기사가 믿을 수 없다는 양 두 눈을 부릅떴다. 이후 그의 상체와 하체가 둘로 갈라지며 절단면에서 피가 홍수처럼 쏟아졌다.

"크항!"

방금까지 절대로 떨어지지 않을 듯 매달려 있던 재규어는 제 할 일을 마쳤다는 양 로건을 보며 짧게 울음을 토했다. 그러곤 그 즉시 또 다른 천족을 목표로 단숨에 날아올랐다.

"후우."

로건은 숨을 깊게 들이마시며 시선을 옆으로 돌렸다. 거기엔 라나사가 막 검에 묻은 피를 털어 내고 있었다. 그런 그녀의 앞에 고꾸라져 있는 천족의 몸에는 수십 마리의 독사가 자리를 잡은 채 피를 빠는 중이었다.

"에이단이지?"

"응, 그런 거 같아."

때마침 잉그리드의 울음소리가 그들의 고막을 때렸다. 하늘을 올려다보자 에이단이 손을 흔드는 게 보였다. 조금 전까지만 해도 이상한 증세를 보이던 녀석이 언제 정신을 차린 건지 알 수 없었으나, 어쨌든 온전해 보여 다행이었다.

뭐가 어떻게 된 건지는 모르겠다만, 별안간 나타나 자신들을 돕는 동물들의 행동은 분명 녀석과 연관이 있을 터였다.

"이따가 물어봐야겠군."

"그러려면 이 싸움에서 꼭 승리해야겠지?"

"당연한 소리."

"방심하지 말고."

가벼운 몇 마디를 주고받은 로건과 라나사는 다시 서로에게 등을 내어 주며 전장으로 향했다. 그런 그들의 주위를 이름 모를 짐승들이 뒤따랐다.

천사의 날개를 손에 쥔 라나사는 마치 춤이라도 추듯 거침없이 일대를 누볐다. 그녀가 검을 한번 휘두를 때마다 천계의 기사가 하나둘씩 죽어 나갔다.

애애애앵!

그건 태고의 신물 덕분이기도 했지만, 독충들의 역할이 크게 한몫했다. 어마어마한 수의 벌레들이 한데 모여 천족들의 시야를 가려 준 덕에 그녀로서는 상대하기가 무척이나 편해진 것이다.

빠르게 흩어졌다 모이기를 반복하는 움직임은 흡사 잘 훈련된 군대를 보는 듯했다.

서걱!

이런 친절을 굳이 마다할 필요는 없었다. 라나사는 최대한 몸을 낮추고 미끄러지듯 전진했다. 그리곤 제 앞에 선 천족의 다리를 가볍게 잘라 냈다.

그때마다 누군가 가슴에 펌프질을 해 대듯 심장이 요동

쳤다. 천사의 날개가 천족의 피를 머금을수록 더 큰 힘을 발휘하는 듯한 기이한 착각마저 들었다.

"이잇!"

"흡!"

파죽지세로 몰아붙이는 라나사와 독충들의 합공에 결국 근처의 천족들이 하늘로 피신하기 시작했다. 그 과정에서 그들의 날갯짓이 일으키는 바람 때문에 뭉쳐 있던 벌레들이 사방으로 흩어졌다.

천족과 달리 하늘을 날 수 없는 라나사는 진한 아쉬움에 입술만 잘끈 깨물었다.

그때였다.

쑤아아아!

느닷없이 공중에서 무언가가 쏟아지며 그들을 덮쳤다. 그 탓에 날아오르던 천족들이 외마디 비명을 내지르며 지상으로 곤두박질쳤다.

이노센트?

천계의 기사를 떨궈 낸 건 그물이었다. 그것도 물로 만들어진. 거대하면서도 촘촘한 물의 그물이 천족들을 꼼짝하지 못하도록 가둔 것이다.

"토파즈!"

그리고 그제야 라나사의 눈에 그 그물의 끝, 날개를 활짝 펼친 채 우뚝 서 있는 토파즈가 들어왔다.

기실 조금만 깊게 생각해 보면 이노센트는 그물이 아니라 주먹이나 발로 놈들을 후려쳤을 것이다.

제 주군과는 너무나도 다른 성격을 가진 토파즈는 별다른 말도 없이 조용히 전투에 임하고 있었다.

"고마워요, 토파즈."

라나사는 토파즈에게 감사 인사를 전한 뒤, 추락하는 천족들을 다시금 무차별하게 베어 나갔다.

화르륵!

뒤쪽에서 열기가 느껴진 것은 라나사가 물의 그물에 갇힌 천계의 기사들을 대부분 도륙하고 난 이후였다.

놀란 라나사가 황급히 돌아보자 갑자기 크고 높은 불의 장막이 장벽처럼 솟아 있었다. 그녀를 몰래 기습하려던 천족을 불의 상급 정령인 알레그로가 막아 준 것이다.

태어난 기쁨을 주체하지 못하고 이리저리 날뛰는 바람에 한때 아카데미를 혼란에 빠뜨렸던 장난꾸러기 녀석이지만, 지금만큼은 든든한 지킴이가 되어 주고 있었다.

"뭐, 보호받는 기분도 나쁘지 않네."

라나사는 저도 모르게 히죽거리며 천족들을 더욱 거세게 몰아붙였다.

그렇게 시간이 얼마나 흘렀을까.

지지부진하게 난전이 이어지던 어느 순간, 이제까지와는 결이 다른, 한층 더 강렬해진 빛무리가 하늘에서부터 지면으로 내려앉았다. 그와 더불어 주신의 군대가 다시금 끝도 없이 지상을 향해 쏟아져 나왔다.

오늘이야말로 끝장을 보고 말겠다는 건가?

무겁게 가라앉은 눈빛으로 그 모습을 지켜보고 있던 바율은 이내 결심한 듯 사대 정령을 불러 모았다.

무섭거나 긴장되지는 않았다. 오히려 잔잔한 흥분마저 일었다. 제 몸에 깃든 전대 정령왕들의 기운이 절절 끓고 있었다. 복수와 분노, 그로 인한 희열 등 여러 감정이 바율의 온몸을 훑어 내렸다.

"주신의 이름으로!"

그때, 맨 앞줄에 서 있던 천계의 기사가 검을 들며 외쳤다.

"이 세계의 반역자를 처단하라!"

말이 떨어지기 무섭게 엄청난 함성이 울려 퍼지더니, 곧 지축이 흔들렸다. 그 기세가 여태까지와는 차원이 달랐다.

"그렇다면 우리도 진짜를 보여 줘야겠지."

바율이 나직하게 읊조리자, 그와 동시에 어디선가 기이한 울림이 진동했다. 처음엔 일행도 그 정체를 알지 못했다.

제일 먼저 으드득하는 소리와 함께 밀림의 나무들이 뿌리째 뽑혀 나갔다. 그리고 잠시 후, 그들 눈앞에 나타난 건 거대한 해일이었다. 바다에서나 볼 수 있는 까마득한 높이의 해일이 갑작스레 이 밀림의 숲에 나타나 천계의 군대를 집어삼켰다.

누구의 작품인지는 굳이 물을 필요도 없었다. 당연하다면 당연히 일행과 초칸들에게는 한 방울의 물방울도 튀기지 않았다.

홍수가 휩쓸고 지나간 땅은 이미 엉망이 되었다. 그곳에 겨우겨우 몸을 지탱하고 선 천계의 기사들의 꼴 역시 패잔병처럼 초라하기 그지없었다.

고오오오!

하나 그건 시작에 불과했다.

저적— 쩌저적—

이번에는 한층 더 괴괴한 소리를 내며 땅거죽이 갈라졌다. 그러더니 그 밑에서 느닷없이 붉은 꽃봉오리가 피어올랐다. 그것은 곧 만개하며 벌어졌고, 그 안에서 나온 건 용암이었다.

푸학! 푸학!

시뻘건 용암이 폭죽처럼 터지며 사방으로 흩날렸다. 사나운 불기둥 또한 밀림을 덮쳤다. 살려 달라는 천족들의 울음이 여기저기에서 끊임없이 울려 퍼졌다.

망각의 지대가 지옥이 되어 불타올랐다.

"크하아앙!"

언제부터인가 무하가 울부짖었다. 셰임 역시 그 곁에서
괴로운 듯 함께 울고 있었다.

그걸 바라보는 바율의 마음에 스산한 바람이 불었다.

Chapter 8.
땅의 정령왕, 셰임

1.

전장은 잠시 소강상태가 되었다.

물의 정령왕인 이노센트와 불의 정령왕인 스피넬이 본격적으로 나서자 상황은 쉽게 해결이 되는 듯했다.

문제는 망각의 지대가 폐허로 변했다는 점이었다.

사실 바율은 무하와 초칸들의 오랜 삶의 터전이었던 밀림이 파괴되는 것을 조금이라도 줄여 보고자 다소 소극적으로 전투에 임했었다. 그 이면에는 그래도 이길 수 있을 거란 자신감이 있었기 때문이다.

그러나 천계의 기사들이 계속해서 끝도 없이 몰아치자 결국 방법을 달리할 수밖에 없었다.

일행이 지치기 전에, 망각의 지대가 더 엉망이 되기 전에, 마황과 데스가 정녕 폭주해 날뛰기 전에 자신이 끝을 내야만 했다.

하나 그 결과는 너무나 참혹했다.

소기의 목적을 달성하긴 했으나, 밀림은 이제 숲이라고도 불릴 수 없을 지경이 되고 말았다. 수천수만 그루의 나무는 물론이거니와, 수많은 짐승들이 죽어 나갔다.

그래서 무하가 울고 있었다.

정령계가 멸망하고, 주신에게 지독하리만치 학대받다가 버려졌다. 이후 이곳에서 수천 년을 살았다. 녀석에겐 이 밀림이 제2의 고향이나 마찬가지인 셈이다.

어쩔 수 없었다고는 하나 바율은 내심 미안한 감정이 들었다. 밀림에서 천족을 상대하지 않았더라면. 아니, 애초에 제가 녀석을 찾으러 오지 않았더라면 벌어지지 않았을 일이었다.

무하의 고통이 뼛속 깊이까지 저릿하게 박혔다. 전대 땅의 정령왕의 기운을 품고 있는 덕인지, 마치 사대 정령과 교감하듯 녀석의 심정이 고스란히 전달되었다.

'셰임…….'

비단 작금의 상황에 슬퍼하는 건 무하뿐만이 아니었다. 땅의 상급 정령인 셰임의 비통함 역시 녀석보다 더하면 더

했지, 결코 덜하지 않았다.

바율은 셰임이 이토록 서럽게 우는 것을 처음 보았다. 다른 사람들처럼 눈물을 쏟으며 목청껏 소리 내어 울진 않았지만, 바율에게는 그의 괴로움이 생생하게 느껴졌다.

그런 셰임의 마음에는 땅의 정령으로서 망각의 지대를 지켜 내지 못했다는 절망감과 자괴감이 가장 크게 자리하고 있었다. 그리고 천족들을 향한 분노가 그 뒤를 이었다.

'셰임 탓이 아니에요.'

이렇게 된 게 어찌 그 때문이겠는가.

너무나 안타까운 상황이었기에, 도리어 바율이 할 수 있는 위로라고는 고작 이런 말 정도가 다였다. 셰임이 자책하지 않았으면 하는 바람이 더해져 차라리 저를 원망했으면 하는 생각까지 들었다.

늘 올곧은 태도로 일관하던 그의 절망은 바율에게도 크나큰 고통이었다.

"⋯데스?"

오랜만에 살육에 나선 탓에 마황은 기실 조금 흥분한 상태였다. 아무 제약도 없이 마음껏 마기를 방출하고 나니 기분이 퍽 상쾌했다. 곳곳에서 살고자 몸부림을 치는 천족들의 행태를 보는 것도 나름 재미가 쏠쏠했다.

그러던 그가 돌연 입가에서 웃음기를 지우며 제 동생을

돌아보았다.

"너, 지금 뭐 하는……?"

하지만 크루델리스는 제 물음의 대상이 잘못되었음을 금세 깨달았다.

데스가 아니었다. 전신에 피 칠갑을 두른 녀석은 저와 마찬가지로 놀란 표정을 짓고 있었기 때문이다.

"진짜였네……."

셰임에게서 뭉게뭉게 피어오르는 검은 연기를 데스는 진정 믿을 수 없다는 양 바라보았다.

절망의 신, 데스페라티오.

마계 총사령관으로 군림하고 있는 그에게 절망은 힘의 원천이자, 오로지 그만이 사용 가능한 고유 능력이었다. 한데 그러한 것을 지금 바율이 조종하고 있었다.

예전에 라예가르에게서 전해 들은 적이 있기는 했었다. 바율이 절망을 인간에게 심었노라고.

데스가 의도한 바는 아니나, 절망의 신인 그와 가까이 지내게 되면서 바율은 높은 친화력을 얻었다. 그로 인해 절망의 신을 모시는 신전에서 성현 취급을 받았을뿐더러, 데스의 또 다른 능력인 남의 힘을 흡수하는 특수 능력까지 생겨났다.

그 모든 걸 다 알고 있었으면서도, 제 눈앞에서 바율이 직접 절망을 거둬 가는 모습을 보고 있으려니 데스는 실로 기가 찰 따름이었다.

같은 절망이라고 해도, 당사자의 상황에 따라 그 정도가 천차만별이었다. 현재 셰임이 느끼는 수준은 죽음의 목전에 이르렀다고도 할 수 있을 만큼 엄청났다.

바율은 그런 막대한 절망을 자신에게 가져오는 중이었다. 아직은 추측이지만, 녀석이라면 그 절망의 힘 또한 제 것으로 충분히 사용하고도 남을 듯했다.

"마력이 장난이 아니야."

마황이 데스를 찾은 것은 그래서였다. 찰나지만 그는 제 동생이 무슨 사고라도 치는 줄 알았다.

"이다음이 더 장난이 아닐걸."

곧 셰임에게서 검은 연기가 모조리 빠져나왔다.

절망이 사라지고 난 자리. 그 빈틈을 차지하는 건 하나일 수밖에 없었다.

인간들이 늘 바라는 한 가지.

희망.

그게 정령에게도 적용이 될 수 있을까?

그보다 바율 저 녀석은 이번엔 저 능력을 인지하고 사용하는 건가?

그새 내 고유 능력을 그 정도로 조절해서 쓸 수 있다고?

데스의 검은 눈동자가 잠시 붉게 일렁이는 순간이었다.

우르릉! 콰과쾅!

별안간 대지가 진동했다. 그와 함께 그들이 발을 딛고 선 땅이 흔들리기 시작했다. 그 세기는 시간이 지나면서 점차 더 거대해져만 갔다.

그 진원지는 셰임이었다.

그를 중심으로 밀림에 변화가 일어나고 있었다.

"바, 바율!"

놀란 에이단이 지상으로 착지하며 급히 바율을 불렀다. 다른 친구들도 뭔가 이상함을 감지하고 하나둘 모여들었다.

그들은 데스처럼 절망이 지닌 특유의 검은 연기를 보지는 못했으나, 갑자기 폭발할 것처럼 생겨난 어마어마한 기운에 의아함을 느끼고 있었다.

"얘, 또 이상해."

"말이 없어."

바율은 단정하게 서서 눈을 뜬 상태였지만, 기이하게도 그 눈동자엔 아무런 초점의 변화가 없었다.

이럴 땐 건드리지 않는 것이 상책이라는 걸, 그들은 다년간의 경험을 통해 이미 알고 있었다.

우드득. 우드득.

그때, 일행의 주변을 제외한 모든 땅 위로 돌연 높다란 나무들이 솟구쳤다. 앙상한 가지에서 푸른 이파리가 생겨나더니, 이내 갖가지 열매까지 맺혔다.

홍수에 휩쓸리고 불에 타들어 갔던 밀림의 나무가 다시금 빼곡하게 자라난 것이다. 아무 말도 하지 못한 채 그것을 지켜보던 일행은 소름이 쫙 끼쳤다.

"시, 시체들이 사라지고 있어!"

그러는 사이 문득 지면이 갈라지더니, 산처럼 쌓여 있던 천족들의 사체를 마치 뱀이 아가리를 벌리듯 그대로 집어삼켰다.

전투의 흔적 역시 거짓말처럼 그에 묻혔다. 숨이 붙어 있던 천계의 기사들마저 비명을 지르며 어둠 속으로 사라졌다.

"망각의 지대가…… 바뀌고 있어."

에이단은 누구보다 그 변화가 뚜렷하게 느껴졌다. 그의 눈으로, 귓가로 짐승들의 환희가 보이고 들려왔다. 그에 에이단의 심장도 덩달아 쿵쾅거리며 뛰어 댔다.

개중에서도 무하의 반응은 독보적이었다. 조금 전까지만 해도 서럽게 울부짖던 녀석이었기에 너무 가여워서 차마 다가가지도 못하고 있었건만, 지금은 선물을 받은 어린아이처럼 기뻐하고 있었다.

꼬리를 흔들며 연신 셰임의 주위를 도는 모습이 귀여우면서도 왠지 뭉클했다.

"망각의 지대가? 설마 지금, 여기 전체가 바뀌고 있다고?"

"이 넓은 곳이?"

일라이는 믿을 수 없었는지 허공으로 둥실 떠올라 주변을 살폈다. 과연 그런 그의 눈에 이전보다 더욱 거대하고 넓게 펼쳐진 망각의 지대가 보였다.

이노센트와 스피넬이 만들어 낸 해일과 불기둥은 그들이 의식조차 하지 못한 새 소멸되고 없었다.

"우와…… 원래 땅의 상급 정령이면 다 이 정도는 하는 건가?"

라나사가 경악하는 한편, 의문을 드러낼 때였다.

"세, 셰임!"

느닷없이 셰임이 덜덜 떨기 시작했다. 조금 전까지 부드럽게 두 눈을 감은 채 미소 가득한 얼굴을 하고 있던 그이건만, 돌연 벼락이라도 맞은 것처럼 불안한 신음을 터뜨렸다.

한 번도 보지 못했던 모습에 친구들이 당황하는 그 순간, 갑자기 셰임의 이마에 박힌 보석에서 빛이 터졌다. 눈을 뜨고 있기가 힘들 만큼 강력한 빛줄기였다.

"어어어!"

"이리로 온다!"

그 빛이 향하는 곳은 바율이었다. 바율이 항시 목에 걸고 있는 펜던트에 빛줄기가 닿자, 그의 전신이 환한 빛으로 물들었다.

대체 또 무슨 일이 벌어지려는 걸까.

모두가 숨을 죽이며 긴장하는데, 한순간에 빛이 완전히 사그라졌다. 바율은 여전히 미동조차 없었지만, 그래도 일단 일련의 과정은 끝난 듯했다.

"저기……."

성질 급한 에이단이 말문을 여는 순간이었다.

우우우웅!

파핫!

이번에는 반대로 엄청난 에너지가 바율에게서 방출되었다. 그건 다시 셰임을 향해 곧장 쏘아졌다. 빛에 가려져 일순 셰임의 모습이 보이지 않았다.

"어라. 이 전개, 설마……?"

그 찰나, 모두의 머릿속에 떠오른 건 딱 한 가지였다. 정확히 무엇이 계기가 되었는지는 알 수 없었으나, 어찌 되었든 이런 상황에서 다른 것은 전혀 상상이 가지 않았다.

"셰임이 드디어……."

"정령왕이 되는 건가?"

"그건 좋은 일이지만……."

친구들의 시선은 너무나 자연스럽게 누군가를 향해 움직였다.

사대 정령 중에서도 가장 열정적으로 초칸들을 지켜 냈던 템페스타.

녀석은 공중에서 거의 반쯤 넋이 나간 채 셰임이 있던 자릴 바라보고 있었다.

"결국 저 녀석이 마지막이라니……."

"아, 난 벌써 뒷감당이 두렵다."

일전에 경험한 바가 있기에 이런 순서가 되지 않기만을 그리도 바랐건만, 역시 세상사는 마음먹은 대로 돌아가지 않는다. 부디 바율이 녀석을 잘 달래 주기만을 바랄 뿐이었다.

팟!

친구들이 그런 걱정 아닌 걱정을 하는 동안, 마침내 모든 빛이 갈무리가 되었다. 그리고 드디어 셰임이 온전한 모습을 드러냈다.

"헐……."

"…더 어려진 거야?"

그랬다. 이전의 청년은 온데간데없고, 대신 그들의 또래로 보이는 듯한 소년 하나가 일행의 시야에 들어왔다.

여전히 밤하늘처럼 까맣게 빛나는 눈동자에 그와 같은 색의 짧은 머리칼, 까무잡잡한 피부를 한 그는 특이하게도 정장 차림을 하고 있었다.

언뜻 보면 캐링스턴 아카데미의 교복과 비슷했다. 하나 그 각각의 색은 나무와 바위, 대지를 연상시키는 조합이었다.

"귀여워."

"꼭 동생 생긴 기분이야."

"제법 잘생겼네."

친구들이 감탄하며 한마디씩 내뱉을 때마다 셰임의 뺨이 조금씩 붉게 물들었다.

"셰임."

그리고 그가 존경하고 사랑해 마지않는 바율이 본인의 이름을 불렀을 때, 녀석이 고개를 푹 숙이며 대답했다.

"네, 바율."

땅의 정령왕이 되었어도 셰임의 수줍어하는 성격은 그대로였다. 바율과 친구들은 그게 뭐라고 괜한 미소가 지어졌다.

2.

셰임의 활약 덕분에 천계의 군사들은 지상에서 완벽히 모습을 감추었다. 무슨 연유인지 하늘의 문도 더는 열리지 않았다.

그렇게 망각의 지대엔 다시금 평화가 찾아왔고, 살아남은 초칸들은 마치 신을 숭배하듯 바율 일행을 성심껏 모셨다.

천족들이 나타날 때 보인 성스러운 광경에 한순간 홀렸던 것도 사실이나, 그들의 본성은 잔인한 악마와도 같았다. 그 절박한 상황 속에서 누가 자신을 지켜 주었는지는 초칸들 모두가 인지했다.

이미 숨이 끊어져 명을 달리한 이들을 제외하고, 남은 부상자들은 모두 이노센트가 치료해 주었다. 짐승들도 마찬가지였다.

이제 추가적으로 별다른 일이 생기지 않는다면 밀림은 이대로 쭉 유지될 수 있을 터였다.

"바율."

어느새 늦은 저녁 식사가 한창이었다. 초칸들은 종전보다 한층 더 극진한 대접을 하기 위해 애쓰고 있었다. 저들의 감사를 표현하기 위해서였다.

일행은 그런 초칸들과 밀림을 보호하고자 만일의 사태를 대비해 하루만 더 이곳에 머물렀다가 캐링스턴으로 돌아갈 계획이었다.

"아까 그거, 알고 사용한 건가?"

"…그거라니요? 뭘 말씀하시는 겁니까?"

식사 중에, 심지어 기름기가 잘잘 흐르는 고기를 눈앞에 둔 채 데스가 묻고 있었다. 평소 뭔가를 먹을 땐 누가 말 거는 것조차 혐오하는 그였기에, 바율은 물론 다들 깜짝 놀라서는 그를 바라보았다.

그런 주변의 시선을 아는지 어쩐지, 데스가 답은 않고 턱짓했다. 그가 가리키는 곳에는 무하와 셰임이 있었다.

셰임이 온화한 미소를 지으며 나뭇가지를 던지면 녀석의 주변을 빙빙 맴돌던 무하가 신이 나서는 달려갔다. 가지가 바닥에 떨어지기 전에 재빨리 낚아채는 솜씨가 과연 밀림의 왕답게 날래기 그지없었다.

"네가 저 녀석 정령왕 만들었잖아. 내 힘으로."

"…데스 힘을 이용했다고요? 제가요?"

"그래, 절망의 기운. 반응을 보아하니 아무래도 전처럼 자각하지 못한 모양이군."

"데스, 그게 무슨 말이에요?"

"바율이 절망을 또 어떻게 했어요?"

자레드가 제가 한 짓에 대한 법의 심판을 받던 날, 바율이 녀석에게 절망의 기운을 심었다고 했다. 친구들도 그걸 분명히 들었지만, 이후로는 꽤 오랜 시간 잠잠했기에 지금껏 그에 대해 거의 잊고 지냈다.

"다시 생각해도 어이가 없네."

제 고유 능력을 멋대로 사용해 놓고 아무것도 모르는 순진한 표정이라니. 데스는 기가 차다 못해 헛웃음이 튀어나왔다.

"넌 그럼 네가 어떻게 저 녀석을 정령왕으로 승급시킨 줄 안 건데?"

데스의 까칠한 말투에 바율은 그저 두 눈만 슴벅거렸다.

제 몸속에 깃든 전대 정령왕의 기운 덕이 아니라는 뜻인가?

이제까지 앞선 녀석들은 쭉 그래 왔고, 그래서 응당 셰임역시 그런 걸 거라고 여겼기에 바율은 내심 당혹스러웠다.

"하얀 아저씨, 하얀 아저씨가 설명 좀 해 주세요. 저게 다 무슨 소리예요?"

데스에게서 답을 들을 수 없을 거라 판단했는지, 에이단이 마황에게 바투 다가섰다.

"들은 대로야. 바율이 절망을 거둬 가면서 생각지도 못한 반전이 생긴 셈이지."

"이번엔 절망을 심은 게 아니라 거두었다고요? 대체 누구 걸요?"

"지금 여기서 누구랄 게 하나밖에 더 있어?"

"…그러니까, 셰임 말씀하시는 거죠?"

일행도 황폐하게 변한 밀림을 보고 슬퍼하던 셰임의 모습을 목격하였다. 바율처럼 완전하게 이해할 수는 없어도, 그간 그들이 알고 있던 셰임이라면 얼마나 괴롭고 고통스러웠을지 능히 짐작이 가능했다.

"그렇게 된 거구나."

"셰임의 기세가 갑자기 달라진 게 그거 때문이었어."

"그래. 바율이 절망을 가져가 준 덕에 밀림을 다시 복구시키고자 하는 의지가 생긴 것이지. 그리고 바율은 그 흡수한 절망의 기운을 제 것으로 만들어 재차 나누어 준 거고. 뭐, 물론 그때 전대 정령왕의 기운이 어느 정도 영향은 끼쳤을 거라고 봐."

크루델리스는 설명하는 내내 한순간도 고기를 놓지 않고 질겅질겅 씹으면서 잘도 말했다.

"대박."

"절망의 힘이라는 게 이런 거였다니."

"데스가 좀 달라 보여."

"그냥 막 힘만 센 게 아니었네."

기실 친구들에게 데스는 편하다 못해 심지어 종종 하찮게까지 보이는 존재였다. 물론 그가 마계 총사령관일 뿐아니라, 엄청난 무위의 소유자란 사실은 너무나 잘 알았다.

하나 정작 평범한 인간 소녀인 리타와 함께 있을 때 그가얼마나 비굴하게 구는지 워낙 많이 봐 온 탓에 그걸 자주잊어버리곤 했다.

"데스, 이거 더 먹을래요?"

"이것도요."

셰임이 땅의 정령왕이 된 데에는 데스의 공로도 어느정도 있는 셈이었다. 그에 고마움을 느낀 로건과 라나사가각자 제 몫의 고기를 내어놓자 마황이 꾸깃 이마를 찌푸렸다.

"설명은 내가 다 했는데, 왜 이놈한테 줘?"

"난 됐으니까 저치나 줘."

"…진심이세요?"

데스가 먹을 걸 거절하자 친구들은 경악에 가까운 표정을 지었다. 하지만 그건 시작에 불과했다.

"입맛 없어."

"세상에……."

"내가 방금 무슨 소릴 들은 거지?"

"데스가 입맛이 없을 때도 있어요?"

"리타가 한 게 아니잖아."

목이 탔는지 데스가 돌연 음료를 벌컥벌컥 들이켰다.

"아무래도 한계치가 온 거 같군."

"한계요?"

"그래, 금단 증상 말이야. 리타 음식을 못 먹은 지 너무 오래됐다고. 진지하게 성녀 일을 때려치우게 하든가 해야지, 원."

그 말이 끝나기 무섭게 데스의 머리 뒤로 보이던 후광이 거짓말처럼 사라졌다. 또 신탁을 내리겠다느니 헛소리를 하는 건 아닐까 심히 염려스러웠다.

"신전을 무너뜨리면 잠깐 시간을 벌 수 있으려나?"

중얼거리듯 한 혼잣말이었지만 친구들의 귀에는 분명하게 들렸다. 살기까지 번뜩이며 내뱉은 발언에 그들은 누가 먼저랄 것 없이 한숨을 내쉬며 고개를 절레절레 저었다. 역시 데스는 데스였다.

그때, 곰곰이 생각하던 기색의 바율이 입을 뗐다.

"서럽게 울던 셰임이 마음을 고쳐먹은 게 그래서였군요……. 전 정말 몰랐습니다."

"당사자인 네가 이제 깨달으면 어떡하냐?"

"아무튼, 특이하다니까."

바율의 이런 반응은 이제 새삼스럽지도 않았다. 본인이 저질러 놓고(?) 정작 자긴 아무것도 모르는 경우가 다반사였다. 어쨌든 잘 풀렸으니 다행이기는 했다.

"야, 에이단. 이제 네 얘기도 좀 들어 보자."

"맞아. 넌 또 뭐가 어떻게 된 거야?"

"아까 그 짐승들, 다 네가 부른 거지?"

"아, 그게 말이야……."

친구들의 질문에 에이단의 시선이 자연스레 셰임과 놀고 있는 무하에게로 향했다. 그런 녀석의 머릿속에는 사람의 모습으로 제 앞에 나타났던 또 다른 무하가 떠오르고 있었다.

그를 또다시 만날 수 있을까?

전투 중에는 워낙 정신이 없어 딱히 그런 생각조차 하지 못했다. 무하와의 특별했던 만남을 재차 상기한 에이단은 친구들에게 간략히 조금 전 상황을 설명했다.

"와! 무하가 널 선택한 거라고?"

"그럼 이젠 그냥 짐승들의 사념이 곧바로 들리는 거야?"

"어, 그래서 좀 피곤해."

다른 것에 집중하고 있으면 조금 덜하지만, 시도 때도 없이 무언가가 보이고 들려오는 탓에 토기가 쏠릴 지경이었다.

"그래도 테이머로서는 엄청나게 발전한 거잖아."

"힘든 건 적응하면서 차차 나아지겠지."

"일단은 축하부터 해야겠군."

"무지 좋겠다."

"축하해, 에이단."

"신물에게 간택 받은 기분이 어떠냐?"

"아직은 얼떨떨하지, 뭐. 나중에 무하랑 따로 얘기를 더 해 봐야 할 것 같아."

마음 같아선 당장 붙잡고 대화를 나누고 싶은 걸 애써 참는 중이었다. 내일이면 정든 고향인 밀림을 떠나 그들과 함께해야 하는 무하를 위한 배려였다. 그때까지는 녀석이 아무런 걱정 없이 신나게 뛰어놀기만을 바랐다.

"그나저나 마지막 신물이 하필이면 천계에 있다는데, 우리 어떡하냐?"

두 개를 모두 얻었다면 참으로 좋았겠지만, 그 남은 하나를 구하기란 앞으로도 매우 요원할 게 분명했다. 그러자 조용히 자리를 지키고만 있던 알레그리아가 일행에게 사과했다.

"미안해요. 내 아둔함이 그대들을 힘들게 하고 말았습니다."

"얘 또 이러네."

"그리아, 너한테 사과 듣자고 한 말 아니야."

"너도 속은 건데 뭘. 우린 이제 다 같은 동료야. 죄책감 같은 건 갖지 마."

"맞아. 중요한 건 그걸 어떻게 차지할 수 있을까, 하는 거야. 앞으로 우린 그 해결책을 고민해야 해. 천계를 쳐들어갈 수도 없고 말이지."

"…내가 가져올게요."

주신과의 전쟁에서 이기려면 신물은 반드시 열두 개가 필요했다. 그렇지 않으면 모두가 전멸이었다. 그걸 누구보다 가장 잘 아는 알레그리아였기에 사뭇 비장한 어조로 말을 꺼냈다. 그러자 약속이라도 한 듯 친구들이 소리쳤다.

"그건 안 돼!"

"가서 무슨 꼴을 당하려고!"

"그리아, 너 미쳤니?"

"우리가 그 사지로 널 보낼 것 같아?"

"하지만……."

"그건 재고할 가치도 없습니다. 분명 다른 수가 있을 거예요."

바율이 더는 거론치도 말라는 양 단호하게 대꾸할 때였다.

"근데 저 녀석, 아까부터 왜 저러냐?"

마황이 깔끔하게 발라 먹고 남은 뼛조각을 훅 던지며 어딘가를 응시했다. 그의 시선을 따라가자 높다란 나뭇가지 위에 멍하니 앉아 있는 템페스타가 들어왔다.

"완전 넋이 나갔는데?"

만날 주제도 모르고 까불거리던 녀석이 힘없이 축 늘어져 있는 걸 보고 있으려니 크루델리스는 심히 거슬렸다. 템페스타가 상급 정령이 된 이후로 만난 탓에 마황은 녀석의 지난 전적(?)에 대해선 아는 바가 없었다.

"하아, 그러고 보니 제일 시급한 문제가 따로 있었지."

"어쩌냐?"

"상심이 큰가 봐."

"완전 폭풍 전야군."

당장 발작해서 날뛰어도 모자랄 판에, 도리어 쥐 죽은 듯 꼼짝도 하지 않는다니. 템페스타의 평소 성정을 알기에 친구들은 어째 작금의 상황이 더 긴장되고 두려웠다.

하급 정령 시절에도 그 난리를 피웠는데, 지금은 무려 상급이었다. 녀석으로 인해 어떤 사태가 벌어질지 온갖 불길한 상상이 밀려들었다.

"바율, 할 수 있겠어?"

"이번엔 진짜 제대로 잘 달래야 해."

"나는 솔직히 어디 가둬 두는 걸 추천한다."

"애들아, 너희가 뭘 잊은 것 같구나."

템페스타가 들을까 싶어 소곤거리며 말하던 친구들이 일제히 일라이를 돌아보았다.

"그건 뭔 말이냐?"

"잊어?"

"저 녀석보다 물 여우가 더 큰 문제야."

"이노센트가 왜?"

물의 정령왕인 이노센트를 물 여우라고 부르는 건 일라이가 유일했다. 그 단어에 퀸이 반사적으로 인상을 쓰며 이유를 묻자 녀석이 거들먹거리며 말했다.

"애들이 뭘 몰라도 한참 모르네. 그 녀석, 특기가 뭐냐?"

"특기라면 많지. 치유 능력도 있고……."

"아 씨, 그딴 거 말고."

답답하다는 듯 일라이가 손을 휘휘 저으며 에이단의 말을 잘랐다.

"하급 정령일 때부터 템페스타랑 툭 하면 싸우던 게 그 물 여우야. 그런 녀석이 이런 기회를 놓치겠냐? 놀려먹기 딱 좋은데?"

"에이, 설마……."

"설마는 무슨. 저기 봐라."

이노센트의 극악함에 대해선 친구들도 모르지 않았다.

그러나 아무렴 지금과 같은 상황에서마저 녀석이 그럴 거라곤 생각하지 않았다. 아니, 부디 그러지 않기만을 바랐다.

하지만 아니나 다를까.

처량하게 홀로 앉은 템페스타에게로 누군가 날아가고 있었다.

푸른 드레스를 입은 아리따운 숙녀.

그건 이노센트였다.

"바율, 얼른 가서 말려! 저러다 밀림이 다시 초토화되면 어떡해!"

"헉! 그랬다간 셰임이랑 무하가 열 받아서 템페스타랑 싸우는 거 아니야?"

"안 되겠어, 쟤네 당장 떨어뜨리자!"

"우리가 이노센트를 맡을 테니까, 너희는……."

바율과 친구들이 조바심을 참지 못하고 후다닥 일어설 때였다. 돌연 그들 앞에 셰임이 훅 나타나더니 믿지 못할 이야기를 했다.

"바율, 너무 걱정하지 마십시오. 이노센트는 템페스타를 위로하려는 겁니다."

셰임의 뒤로 그가 던진 나뭇가지를 잡으러 멀리 뛰어가고 있는 무하의 모습이 잡혔다.

"셰임, 그게 무슨 소리예요?"

"설마 저 물 여우가 템페스타를 달래 주기라도 할 거라는 거야?"

굳이 상대가 템페스타가 아니었더라도 이노센트와 '위로'라는 단어를 동시에 두는 건 너무나 어울리지 않는 일이었다. 그에 친구들이 이상한 눈으로 쳐다보자 셰임이 미소를 지으며 말했다.

"적어도 제게는 그런 미래가 보입니다."

"…미래요?"

"네. 아무래도 이게 제게 새롭게 생긴 능력 같습니다."

분명 상급 정령 때까지만 해도 그런 힘은 없었다. 셰임은 여느 때와 다를 바 없이 수줍어하며 자신의 고유 능력에 대해 밝혔다.

"헐, 이건 또 무슨 횡재냐."

"정말 미래가 보인다고요?"

"그럼 이제 우리 앞날을 예측할 수 있는 건가?"

정령왕의 고유 능력이란 참으로 대단하기 그지없었다. 이노센트의 치유와 스피넬의 영멸, 그리고 이젠 셰임의 예지력까지.

"이쯤 되니 템페스타에겐 어떤 힘이 생길지 진짜 궁금해진다."

"뭐든 소름 끼칠 것 같아."

"셰임, 그 미래라는 건 어디까지 볼 수 있어요? 우리가 주신과의 전쟁에서 승리할지 패할지, 그런 것도 미리 아는 게 가능한 거예요?"

그들의 머릿속에서 템페스타에 대한 염려는 순식간에 사라지고 없었다. 오로지 셰임의 새 능력에 온 관심이 쏠렸다.

태고의 신물을 다 모으지 못한 지금과 같은 시국에, 이보다 더 의지가 되는 힘이 또 있을까.

하지만 셰임은 안타깝게 고개를 저었다.

"그건 저도 알 수 없습니다."

"…역시 그런 중요한 건 보이지 않나 보네요."

"어쩌면 주신이 관계되어서 그럴지도 몰라."

잔뜩 기대하고 있던 친구들은 저마다 실망한 기색으로 작게 중얼거렸다.

"꼭 그래서만은 아닐 겁니다."

"……?"

"그게…… 사실 아직은 처음이라 저도 확신할 순 없지만, 아무래도 제가 보고 싶다고 해서 볼 수 있는 게 아닌 듯합니다."

"그러면요?"

"그냥 불쑥 떠오르는 거지요."

"아무때나요?"

"네."

조금 전까지만 해도 셰임은 무하와 기분 좋게 놀고 있었다. 한데 그러던 어느 순간, 갑자기 템페스타를 위로하는 이노센트의 모습이 그의 머릿속을 가득 채웠다.

"한마디로 셰임의 의지로는 미래를 미리 알 수 없다는 거네."

"어쩐지. 앞으로 일어날 모든 일을 먼저 안다는 건 사실 말이 안 되긴 해. 아몬도 자기 수명을 내놓는 대가로 일부만 알아내는 거잖아."

"하긴, 아무런 제약도 없이 앞날을 예측할 수 있다면 그거야말로 거의 사기인 셈이지."

"셰임, 셰임에게는 아무 불이익도 없는 거죠? 생명력이라든가, 그런 걸 거는 건 아니죠?"

아몬 얘기가 나오자 바율은 문득 가슴이 덜컹했다. 행여 셰임도 그처럼 무언가를 잃으면서 미래를 보는 것은 아닐까 염려된 탓이었다.

하나 다행스럽게도 셰임은 살포시 웃음 지으며 답했다.

"네, 바율. 그 점이라면 괜찮습니다."

"그래도 엄청난 능력이긴 하다. 본인의 의지가 아니긴

하지만, 어쨌든 앞날을 미리 알 수 있다는 게 어디야. 안 그러냐?"

"그건 그렇지."

"셰임, 지금처럼 뭔가 또 떠오르면 그때마다 꼭 알려 주세요. 좋은 일이면 조금 일찍 기뻐하면 될 거고, 나쁜 일이면 미리 준비해 두면 될 테니까."

템페스타를 위로하는 이노센트의 모습을 보았다고 그랬다. 그들로서는 결코 상상할 수 없는 일이었지만, 셰임이 그렇다고 하니 바율과 친구들은 뒤늦은 안도감이 차올랐다.

"이럴 수가…… 둘이 나뭇가지에 나란히 앉았어."

누군가의 말에 일행의 시선이 자연스레 이노센트와 템페스타에게로 향했다.

"내 평생 저런 기이한 광경은 처음 본다."

"이노센트가 진짜 위로라도 할 건가 봐."

"그러게. 터지려면 진즉에 터지고도 남았을 텐데, 너무 조용하네."

"둘이 무슨 얘기 하는 건지 되게 궁금하지 않냐?"

거리가 제법 떨어져 있었기에 대화 소리는 들리지 않았다. 그에 아쉬워하는 친구들을 위해 바율은 은밀하게 바람의 힘을 사용했다. 솔직히 저 자신이 궁금했던 탓이 컸다.

더불어 이 기회에 두 녀석이 그만 으르렁거렸으면 하는
바람도 더해졌다.

가벼운 산들바람이 휘잉, 불어오자 놀랍게도 이노센트의
부드러운 음성이 바로 옆에 있는 것처럼 생생하게 전해졌
다.

3.

"템페스타. 내가 네 마음을 이해하지 못하는 건 아닌데,
그게 그렇게 상심할 일만은 아니야. 너 그런 말 안 들어 봤
니? 어떤 일이든 마무리가 제일 중요하대."

"…마무리?"

이노센트가 제게 접근하려던 순간부터 한껏 날을 세우고
있던 템페스타였다. 보나 마나 슬퍼하는 저를 놀리러 온 게
뻔했기 때문이다.

본인이 최초로 정령왕이 된 데에는 다 그럴 만한 이유가
있는 거라며 틈만 나면 우쭐거리던 녀석이 아니던가. 자신
이 꼴찌로 정령왕이 될 거라고 저주를 퍼붓던 것도 이노센
트였다.

그런데 웬걸.

깔깔 웃어도 모자랄 판에, 비웃기는커녕 생전 처음 들어 보는 말투로 녀석이 저를 다독이고 있었다. 오죽 어색했으면 템페스타는 이게 저를 놀리려는 신종 수법인가 싶었다.

그래서 경계심을 늦추지 않고 언제든 맞설 각오를 하고 있었건만, 이상하게 그런 기미가 없었다. 그러다 종국에는 이노센트의 페이스에 휘말려 결국 입까지 열었다. 얼마간은 진심으로 누구하고도 말하기 싫었는데 말이다.

"그래, 마무리. 끝이 좋으면 다 좋은 거래."

"끝이라면…… 내가 가장 마지막에 정령왕이 되는 걸 말하는 거야?"

제가 말하고도 괴로운 듯 템페스타가 울상을 짓자 이노센트가 얼른 덧붙였다.

"너, 우리 둘만 이름이 왜 긴 것 같아?"

"그거야…… 바율이 우리를 제일 좋아하니까."

"그래! 바율은 사대 정령 중에서도 나와 너를 제일 특별하게 여긴다고. 그러니까 스피넬이랑 셰임보다 이름이 긴 거잖아."

둘은 바율이 자신들의 이름을 처음 불러 주었던 날을 떠올렸다. 그땐 정말이지 날아갈 듯 기뻤었다.

"토파즈 이름도 바율이 붙여 준 거 알지? 걔도 우리보다 짧잖아. 말이 나온 김에 얘기하자면, 목소리가 좀 별로이긴 해도 애가 충성심이 강해요. 내가 그래서 특별히 차별을 두기 위해 퓌르 이름을 짧게 만든 거야."

"아아!"

전혀 생각조차 하지 못했던 사실에 템페스타가 탄성을 터뜨렸다. 그러자 이노센트가 잘 들으라는 듯 이어 말했다.

"그러면 우리가 뭘 해야겠어? 바율에게 보답하려면 사랑받는 정령에 어울리게끔 행동을 해야겠지?"

"어, 어. 그래야지."

"난 이렇게 될 줄 알았다니까. 너와 내가 처음과 끝을 장식하는 거야."

"처음과 끝?"

"내가 가장 먼저 정령왕이 되었으니, 네가 제일 마지막에 정령왕이 돼야 맞지 않겠어? 처음도 끝 못지않게 중요하거든. 사실 뭐든 처음이 어렵긴 하지만."

이노센트는 저 스스로가 무척이나 대견한 듯 홀로 고개를 몇 번이고 주억였다. 그러면서 한다는 소리가 갑자기 한탄 조였다.

"이거 너한테만 하는 말인데, 전하라는 소리도 계속 들으니까 지겹더라."

"지겨워? 왜? 나는 그런 말 되게 듣고 싶은데."

분위기에 휩쓸린 나머지 템페스타는 그만 속내를 고스란히 드러내고 말았다. 이전 같으면 자존심 때문에라도 절대 하지 않았을 말이었다.

"기분 좋은 거? 그거 처음에나 그래."

이노센트는 정녕 피곤하다는 양 가느다란 손가락으로 제 이마를 짚었다.

"정령왕이 되고 나니까 귀찮은 게 몇 가지 있어. 그중에서도 제일 심한 게, 애들 앞에서 체통을 지켜야 한다는 거야."

"체통?"

"어. 밑에 애들이 나쁜 거 보고 배우면 안 되잖아."

이노센트는 본인이 그래서 얼마나 골치가 아픈지 쉬지 않고 털어놓기 시작했다. 지금의 모습만 보자면 둘도 없는 절친이 따로 없었다.

4.

"이제까지 우리가 본 게…… 체면을 생각하고 한 행동이었어?"

"나쁜 짓이란 짓은 죄 하지 않았었나?"

두 정령 간에 오가는 대화를 키득거리며 몰래 듣던 친구들은 하나같이 입을 쩍 벌리며 기함을 토했다.

정령은 거짓말을 하지 못한다. 그렇기에 이노센트의 방금 말은 진정 한 치의 거짓도 없는 진실이었다.

"…전에 비해 나아지긴 했으니까."

"나아지긴 개뿔! 야, 퀸. 너 같은 물이라고 무작정 편드냐?"

일라이가 이노센트를 두둔하는 퀸을 못마땅하다는 듯 흘겨보자, 퀸이 지지 않고 대꾸했다.

"난 느낀 대로 말했을 뿐이야."

"그래, 라이. 그래도 이노센트가 철이 좀 들긴 했어. 토파즈랑 퓌르 앞에서도 저 나름대로 얼마나 고상한 척을 하는데."

"그럼 지금 저 물 여우가 안 하던 짓을 하는 것도 다 그래서인가?"

일라이의 날카로운 지적에 친구들은 그제야 '오' 하며 감탄했다. 말도 안 되는 논리로 템페스타를 위로하는 이노센트를 보며 웃음을 참느라 애를 먹으면서도, 당최 왜 그러는지 이해를 하지 못하고 있었다.

당장 손뼉을 쳐 가며 놀려 댈 줄 알았던 녀석의 반전 태도에 의아함을 지우지 못했건만, 비로소 조금은 알 것 같았다.

"저기 봐라. 토파즈랑 퓌르가 보고 있잖아."

에이단의 눈길을 따라가자 다른 나뭇가지에 점잖게 앉아 있는 토파즈가 보였다. 그리고 그 옆엔 꼬리를 살랑거리며 퓌르가 얌전히 자리를 지키고 있었다.

"바율, 저 녀석에게 하급 정령도 빨리 만들라고 해야겠다."

"하급을?"

"수하가 둘인 것보다 셋이 낫지 않겠냐?"

"그래야 이노센트가 더 얌전해질 것이다?"

"그렇지!"

역시 네가 제일 먼저 알아들을 줄 알았다는 듯 일라이가 로건의 어깨를 툭툭 건드렸다.

"근데 과연 저렇게 평화롭게 끝이 날 수 있을까?"

"그동안 우리가 보아 온 게 있는데."

"그러게. 저건 좀…… 개연성이 많이 부족한데 말이지."

모든 이유를 알았음에도, 템페스타가 사고를 치지 않은 점이나 그런 녀석을 다른 이도 아닌 이노센트가 위로했다는 것이 친구들은 영 실감이 나질 않았다. 차라리 저 둘의 싸움으로 망각의 지대가 다시금 폐허가 되었다는 결말이 여러모로 설득력 있게 느껴졌다.

"어쨌든 잘된 일이잖아. 둘이 계속 아웅다웅하는 걸 감당하기도 힘들었고."

"셰임의 예지력이 진짜로 맞았네. 솔직히 아주 약간은 믿지 못했거든."

놀라움에서 벗어나고 나니 셰임의 능력이 새삼 대단하게 와닿았다. 친구들은 역시 셰임이라며 칭찬을 있는 대로 늘어놓았다.

"……."

그런데 어째 셰임의 표정이 심상치 않았다.

"왜요, 셰임? 뭐 다른 게 떠올랐어요?"

"저 녀석들, 여기서 한판 할 거래요?"

"…아닙니다."

잠시 머뭇거리던 셰임은 이내 고개를 저으며 일행을 안심시켰다. 그때 무하가 얼른 자기랑 다시 놀자는 듯 머리로 셰임의 가슴을 가볍게 쳐 댔다.

"그럼 저는 이만 다녀오겠습니다."

바율에게 양해를 구한 뒤 셰임이 무하가 물고 온 나뭇가지를 들고 서둘러 자리를 떴다. 그런 그의 머릿속으로 머지 않은 날, 이노센트와 템페스타가 서로를 잡아먹지 못해 안달인 장면이 스쳐 지나가고 있었다.

Chapter 9.
약혼 소식

1.

바율과 친구들은 예상보다 일찍 캐링스턴으로 복귀했다. 천계의 기사들과 전쟁을 치렀던 게 꿈이었나 싶을 만큼 돌아온 아카데미는 너무나 평화로웠다. 그건 당연하고도 다행스러운 일이었지만, 에이단은 한편으로 조금 억울한 기분이 들기도 했다.

"얘들은 절대 모르겠지? 축제 기간에 우리가 뭘 하고 왔는지."

점심 식사도 하는 둥 마는 둥 깨작거리던 녀석이 돌연 불평을 토했다.

"3학년이나 됐는데, 축제를 제대로 즐긴 적이 한 번도 없다는 게 말이 되냐? 암만 생각해도 이 정도면 마가 낀 게 틀림없어."

1학년 때는 드와이어트 제국에서 보낸 암살자가 아카데미에 쳐들어와 바율의 목숨을 앗아 가는 바람에 퀸까지 죽었다 되살아난 엄청난 사건이 있었다.

작년 2학년 축제에선 라나사의 참담한 가족사가 세간에 밝혀지면서 한바탕 큰 폭풍이 일었었다.

지난 두 번의 축제에 비하면 아무런 피해가 없는 올해가 그나마 나은 편이었지만, 대신 이번엔 아예 참석조차 하지 못했다. 그 사실에 에이단은 새삼 울컥했다.

"뭘 이제 와서 열을 내고 그러냐? 그래 봤자 이미 다 지나간 걸 어쩌라고."

"그래, 에이단. 우리가 안 다친 것만도 다행이잖아. 그리고 아직 한 번 더 남았어."

"맞아. 내년엔 그간 못 즐겼던 몫까지 합쳐서 진짜 신나게 놀아 보자."

"과연 그럴 수 있을까?"

친구들의 위로에도 에이단의 반응은 회의적이었다.

"난 내년에도 이맘때 되면 분명 뭔 일 난다는 데 한 표건다."

"불길하게 왜 그딴 소리를 해?"

일라이가 빵을 뜯다 말고 인상을 찌푸린 채 에이단을 노려보았다.

"내년이 마지막인데, 그마저도 제대로 된 축제 한번 못 즐기고 허무하게 날리면 우리가 너무 불쌍하지 않겠냐?"

"불쌍하겠지. 근데 원래 징크스라는 게 쉽게 깨지지 않는 거야."

"징크스?"

"매년 축제 때마다 빠짐없이 일이 생겼잖아. 이게 징크스가 아니면 뭐냐? 내년 축제 때도 분명 사건 터질 테니 두고 보라고."

"네가 아주 그렇게 되라고 고사를 지내는구나."

"설마 진심으로 그렇게 되길 바라는 건 아니지?"

"좀 전에 축제에 참석도 못 했다고 투덜거리던 녀석 맞아? 어째 앞뒤가 안 맞는데."

"내년에 진짜 일 터지면 다 에이단, 너 때문인 줄 알아."

"우리가 두고두고 원망할 테니 각오해."

"아니, 그게 왜 내 탓이야?"

난데없는 친구들의 집단 공격에 에이단은 기가 막힌 표정을 지었다. 가뜩이나 입맛 없는 와중에 열이 확 올랐다.

"야! 너희들……!"

에이단이 버럭 성질을 내려던 참이었다. 때마침 어딜 다

녀왔는지 슈빅이 거친 숨을 몰아쉬며 일행 앞에 나타났다.

"역시 전부 여기 숨어 있었구먼!"

"숨기는 누가 숨어? 여기 식당이거든? 그리고 우린 점심 식사 중이고!"

슈빅에게는 참으로 안타까운 일이나, 하필 시기가 시기 인지라 에이단의 화가 자연스레 녀석에게로 넘어갔다.

하나 슈빅이 누구던가.

아카데미의 정보통이라 불리며 이리저리 촐랑대는 탓에 자꾸 잊어버리곤 하지만, 그는 기실 라나사와 퀸 말고는 무서운 게 없는 나름 대범한 성격의 소유자였다.

지금도 저를 보자마자 언성을 높이는 에이단에게 '왜 저래?' 하며 어깨를 한 번 들썩이는 게 전부였다. 그러던 녀석이 비장하게 몸을 숙였다.

"너희, 순순히 말해. 축제 기간 때 어디 가서 뭐 했냐?"

"…뭔 소리야?"

"우리가 가긴 어딜 가?"

예기치 못한 질문이었던 터라 친구들은 잠시 당황했지만, 이내 아닌 척 연기에 들어갔다.

"애들이 누굴 속이려고 들어."

슈빅이 양손으로 탁자를 짚더니 수상한 눈빛으로 쓱 둘러보았다.

"내가 공부 쪽 머리는 좀 부족해도, 눈치 하나는 기똥차게 빠른 거 알지?"

"…공부 못하는 건 아주 잘 알지. 넌 기사학부면서 말도 잘 못 타잖아."

"무슨 일인데? 나 궁금한 거 못 참는 성미인 거 알지? 아무한테도 말 안 할 테니까, 솔직하게 얘기해 봐. 너희 어디 갔다 왔어."

"자꾸 웬 헛소리야? 우리끼리 몰려다니면서 축제 구경하는 거 못 봤냐?"

"보기야 했지."

일라이의 항변에 간단히 답한 슈빅이 별안간 씨익 웃었다.

"근데, 그거 가짜잖아."

"…가짜라니?"

"미안하지만 나한테 들켰어. 신기루처럼 사라지는 거 다 봤거든."

물어볼 게 있어서 녀석들을 쫓다가 의도치 않게 목격했다.

처음엔 이게 뭔가 싶었지만, 곧 아카데미 이사장이자 대마법사인 라예가르가 그리했음을 어렵지 않게 짐작할 수 있었다. 녀석들이 보이는 곳마다 여지없이 그도 함께했기 때문이다.

"아카데미의 꽃인 축제를 단체로, 그것도 몰래 빠져나갔다? 그 와중에 알리바이까지 만들 만큼 중요한 일이 뭐였을까?"

그에 대한 궁금증 때문에 슈빅은 내내 밤잠도 설쳐 가며 오늘이 오기만을 고대하였다. 녀석이 줄곧 스스로에게 '망할 호기심'이라 명명한 그것이 당최 사그라지질 않아 오죽하면 다크서클까지 생겼다.

"말 안 해 줄 거야? 그럼 나도 말 안 해 준다?"

"뭘?"

"우리한테 알려 줄 거 있어?"

"내가 또 엄청난 소식을 하나 물어 왔지. 너희, 들으면 깜짝 놀랄걸?"

"뭐요? 황태자 전하 약혼 소식이요?"

불쑥 끼어든 음성의 주인공은 라피트였다. 녀석이 시큰둥한 말투를 내뱉으며 의자 하나를 빼 옆에 서 있던 젬마에게 내주었다.

"고마워요, 선배."

젬마가 먼저 자리에 앉자 당연하다는 듯 그 옆을 차지하는 라피트의 태도는 일견 굉장히 자연스러워 보였다.

"너희는 늘 세트로 다니는구나."

"와, 방금 젬마 의자부터 챙기는 거 봤냐? 이제 매너가 아주 몸에 배었네."

"세이모어가의 망나니는 어디로 간 거지?"

"그저 놀라울 따름이다."

형인 로건을 사칭해서 몰래 돈이나 꾸던 녀석이 언제 이렇게 변했는지, 새삼 세월의 무상함이 느껴졌다.

"역시 남자는 여자를 잘 만나야 해."

"둘이 제법 잘 어울린다. 그치?"

"에이단, 라이. 그게 무슨 실례되는 말이니?"

제게 인사하는 젬마에게 반갑게 웃어 주던 라나사가 가늘게 눈매를 모으며 힐난했다.

"라피트의 친절을 그런 식으로 곡해하지 마. 누가 들으면 얘네 둘이 사귀는 줄 알겠어."

"사귀는 거 아니야?"

"딱 봐도 그렇게 보이는데."

"젬마가 미쳤니? 아카데미에 괜찮은 남학생이 얼마나 많은데, 하필 그중에 라피트를 만나겠어? 아무리 얘가 젬마를 좋아해도 그렇지."

끄덕끄덕.

"너희들 발언이 젬마에겐 부담이 될 수도 있다는 거 알아야 해. 후배라도 말 함부로 하지 말란 뜻이야. 알겠지?"

끄덕끄덕.

라나사의 말이 그저 다 옳다는 듯 로건이 그녀의 말끝마다 옆에서 연신 고개를 끄덕거렸다. 그러던 그의 움직임이 석상처럼 굳은 것은 그다음이었다.

"저희, 사귀는 거 맞는데요?"

"…뭐?"

라나사는 순간 제 귀가 잘못됐나 싶었다. 얼마나 놀랐으면 손에 쥐고 있던 스푼까지 떨어뜨렸다. 거기에 대고 젬마가 확인 사살이라도 하듯 손가락을 펼쳤다.

"사흘 됐어요."

"…사흘?"

"네."

젬마가 방긋 웃으며 라피트를 올려다보자 녀석의 입가에도 부드러운 미소가 피었다. 생전 처음 보는 괴기스러운 장면에 일순 주변에 침묵이 내려앉았다. 라피트가 로건과 달리 자주 웃는 편이긴 해도, 저리 무해한 웃음은 일행 모두 경험한 바가 없었다.

"아니…… 대체 왜? 이 녀석의 뭘 보고?"

"젬마, 너 혹시 협박당했니?"

뜻밖의 소식에 친구들은 내심 그럴 줄 알았다는 반응인 반면, 로건과 라나사는 도무지 믿지 못하겠다는 얼굴들이었다. 심지어 둘은 젬마를 마치 악의 소굴로 끌려 들어가는 어린 양이라도 되는 듯 걱정하는 기색이 역력했다.

그에 세상 무구한 표정이던 라피트의 미간에 가는 실금이 그어졌다.

"무슨 말들이 그래? 축하를 해 주지는 못할지언정, 협박? 라나사 누나, 누나 눈에는 내가 그렇게 파렴치한 놈으로 보여요?"

"파렴치한까지는 아니지만……."

"순진한 젬마를 어떻게 꾀였는지 염려가 들기는 하지."

라나사가 잠깐 말이 심했나 싶어 당혹스러워하는 찰나, 로건이 거들고 나섰다.

솔직히 정녕 아무런 위협이 없었다면 젬마가 대체 뭘 보고 라피트와 사귀기로 결정했는지 그들로선 도무지 이해할 수가 없었다.

"아니에요, 그런 거. 라피트 선배는 그냥 저를 도와주고 있는 것뿐이에요."

"도와줘?"

"네. 사실 좀 귀찮게 하는 사람들이 있었거든요."

예쁜 데다 성격까지 좋은 젬마는 1학년뿐 아니라 선배들에게도 인기가 많았다. 얼음 여신이 별명일 만큼 차가운 라나사에겐 접근조차 하지 못하는 경우가 대다수였지만, 젬마에겐 하루도 끊이지 않고 사귀자는 청이 줄을 이었다.

"그러니까, 한마디로 라피트가 방패라는 거야?"

"사귀는 척한다는 거지?"

"에이, 그건 아니죠."

"그럼?"

"그런 공세에 피곤해하는 찰나에 마침 라피트 선배가 고백을 해서 제가 승낙한 거예요. 저도 선배가 싫지는 않으니까."

"싫지 않다는 게 꼭 좋다는 뜻은 아니지 않나?"

둘이 사귀든 말든 하등 관심 없어 보이던 퀸이었다. 그런 그가 사실을 콕 짚어 말하자, 라피트가 두 눈을 치뜨며 응수했다.

"내가 좋아하게 만들 거예요."

"오호! 저 패기!"

"보기 좋네!"

"지금은 일단 달라붙는 파리 떼들을 해결한 것만으로도 만족합니다."

일행이 망각의 지대에서 사투를 벌이던 그 시각, 라피트도 나름 고초의 시간을 견디고 있었다.

축제를 빌미로 젬마에게 들이대는 놈들을 지켜보고 있자니 부아가 치밀다 못해 아무것도 할 수가 없었다. 제 시야에서 젬마가 사라지는 것만으로도 불안해져서 등신처럼 졸졸 쫓아만 다녔다.

그러다 축제의 마지막 날, 제 감정을 인정하고 고백한 결과가 이거였다.

매번 고백하는 놈들에게 미안하다며 거절하던 젬마가 '음, 그럼 한번 사귀어 볼까요?' 라고 말했을 때, 라피트는 세상 만물이 부옇게 보이는 기이한 현상을 체험했다.

그의 눈에는 오로지 젬마만 보였다.

싫지 않다는 게 어디인가?

아버지는 싫다는 어머니를 포기하지 않고 계속 따라다니신 끝에 결국 결혼까지 하셨다. 최소한 자기는 그런 아버지보다 나은 위치였기에 좌절하지 않았다.

라피트는 앞으로 젬마가 싫다는 건 하지 않을 거고, 녀석이 하라는 건 뭐든 할 각오였다. 그러면 분명 언젠가 저를 좋아하게 될 거라고 믿었다. 그 앞길이 얼마나 험난할지 짐작조차 하지 못한 채.

"둘이 사귄다고 벌써 아카데미에 쫙 퍼진 거야?"

"내가 열심히 알리는 중이야. 슈빅 형도 좀 돕지 그래요?"

다른 소문은 잘만 내면서 어째 이건 굼떴다. 그에 라피트가 불만스럽게 눈을 흘기자 슈빅이 버럭 짜증을 냈다.

"갑자기 나타나서 남의 말을 채 간 주제에 무슨!"

"아, 그러고 보니 황태자 전하께서 약혼을 하신다고? 언제?"

그에 관해선 바율도 아직 아버지께 전해 들은 게 없었다. 상대는 당연히 헤이즈 경일 텐데, 그러면 그녀의 거취는 앞으로 어찌 되는 것일까. 만월 기사단으로 계속 남을 수는 있는 걸까.

예상치 못한 소식에 바율을 비롯한 친구들이 서로 시선을 맞췄다.

2.

며칠 후, 린데만 황태자와 헤이즈 경의 약혼 일자가 공개되었다. 공교롭게도 아카데미가 겨울 방학에 들어가는 시기였고, 모든 대신은 한 명도 빠짐없이 식에 참석하라는 황제의 명도 떨어졌다. 그건 곧, 특무 대신인 바율도 참석해야 한다는 뜻이었다.

"바율, 황도에 갈 거야?"

오후 수업까지 마친 바율과 친구들은 오랜만에 물의 정원에 모여 한가로운 정취를 만끽 중이었다. 날짜만 놓고 보자면 분명 늦가을이 틀림없건만, 따뜻한 남부 도시답게 태양은 여전히 뜨겁게 내리쬐고 녹음은 무성했다.

"응, 그래야지."

다음 보위를 이을 황태자의 약혼인 만큼 손님 역시 엄청나게 몰려들 게 뻔했다. 번잡한 건 질색이지만, 신하 된 도리로서 차마 그런 사사로운 이유로 황명을 어길 순 없었다.

"학기 중이라면 학업을 핑계로 빠질 수도 있었을 텐데, 아쉽게 됐네."

"고생 좀 하겠다."

"그냥 란데르트 공작 전하 곁에 딱 붙어 있어. 그래야 귀찮은 일 안 생기지."

바율의 성격을 잘 아는 친구들은 녀석의 앞날이 훤히 보인다는 듯 한마디씩 걱정을 늘어놓았다.

"그래도 이젠 이런 일에도 제법 익숙해졌어. 그렇다고 좋다는 건 아니지만."

바율은 진심이었다. 예전이라면 베르가라에 가야 한다는 사실만으로도 기가 질려 미리 겁부터 먹었겠으나, 지금은 '조금 피곤하겠네' 여기고 마는 경지에 이르렀다. 본인이 느끼기에도 저 자신이 참 많이 변한 듯했다.

"그리고 황태자 전하와 헤이즈 경의 약혼을 축하하는 자리잖아. 두 분께 좋은 날이니 기쁜 마음으로 가야지. 가능하다면 뭐라도 보탬이 되고 싶기도 하고."

"보탬?"

"헤이즈 경에게 말이지?"

일라이가 이해하지 못했다는 듯 고개를 갸웃한 반면, 로건과 라나사는 단박에 납득한 표정을 지었다.

"너희도 알다시피 헤이즈 경은 귀족 출신도 아닌 데다가 일가친척도 한 분 안 계시잖아. 폐하께서 허락을 하시긴 하셨지만, 아직까지 도당에선 알게 모르게 불만이 많은 모양이야."

"그게 무슨 개소리냐? 헤이즈 경 정도면 완전 훌륭하지! 그 미모에, 그 나이에, 심지어 인간이 그런 검술 실력을 얻으려면 웬만한 노력으론 되지도 않는다고! 까놓고 말해 나는 얼굴만 반반한 황태자보다 헤이즈 경이 훨씬 아깝다!"

드래곤인 일라이는 간혹 이처럼 인간사를 이해하지 못할 때가 있었다. 어쩌면 알고 있어도 어릴 적부터 차별을 받고 자란 탓에 이런 이야기에 더 예민하게 나오는지도 몰랐다.

"그놈의 신분은 아주 더럽게들 따지지."

라나사는 마치 제가 모욕이라도 받은 양 거칠게 욕설을 중얼거렸다.

그녀의 솔직한 심정으로는 헤이즈가 영원히 만월 기사단에 남기를 원했다.

분명 황가의 일원이 된다는 건 누군가에겐 크나큰 영광일 터였다. 하나 평생을 기사로서 살아온 헤이즈에겐 답답하고 지루한 감옥살이가 될 수도 있었다.

"그까짓 사랑이 뭐라고."

그녀의 부모님도 그 사랑이라는 것 때문에 근 20년을 각자 지옥에서 사셨다. 지금이야 오해가 풀리고 하루하루를 행복 속에 지내고 계시지만, 여태 첫사랑도 한번 해 본 적 없는 라나사는 죽었다 깨어나도 그 심경을 이해할 수 없었다.

"귀족이란 게 그렇게 중요한가? 만월 기사단 출신이라는 것만으로도 충분히 대단한 거 아니었어? 내가 수업 시간에 배운 대로라면, 인간들은 귀족보다 그들을 더 존경하는 것 같던데?"

"그건 평범한 사람들 얘기고. 귀족이 괜히 귀족이겠니? 지들 위에 누가 서는 걸 얼마나 끔찍하게 여기는데."

"아버지께서 든든한 버팀목이 되어 주실 거야. 라이 말처럼 헤이즈 경이 속한 만월 기사단 자체도 제국에선 결코 무시할 수 없는 존재고."

"그거야 당연하지."

"솔직히 이쯤 되면 황제 폐하께서 만월 기사단 전원에게 작위라도 내리셔야 해! 애초에 그분들이 아니었다면 제국 자체가 진작에 사라졌을걸?"

"그렇게들 말해 줘서 고마워. 나는 이런 긍정적인 여론에 조금이라도 도움이 되고 싶어. 헤이즈 경 뒤에는 생각보다 많은 이들이 있다는 걸 보여 주려는 거랄까?"

"오! 그거 좋다! 이왕 간 김에 네가 그사이 얼마나 더 강해졌는지 보여 주는 건 어때? 나라 하나 정도는 이제 너 혼자서 순식간에 쑥대밭으로 만들어 버릴 수 있다는 걸 알려 주는 거지. 그럼 다들 겁먹어서 아무 말도 못 하지 않을까?"

"라이, 그건 좀……."

"도당의 귀족들은 순 돌대가리들만 있는 게 분명해. 우리 헤이즈 경의 진가도 몰라보고. 아, 진짜 내가 직접 찾아가서 싹 다 정신 개조라도 해 주고 싶네."

일라이와 라나사의 거친 표현에 바율이 어색하게 웃을 때였다.

"라나사 네가 정 그러고 싶으면, 실제로 그래 보든가."

방과 후 도서관 일로 눈코 뜰 새 없이 바쁘다던 에이단이 퀸과 함께 나타났다. 퀸은 수로에서 헤엄을 치고 왔는지 머리칼이 약간 젖은 상태였다.

"오자마자 뭐라는 거야? 나보고 황도에라도 가란 소리니?"

애써 흥분을 내리누르며 라나사가 묻자, 에이단이 대답 대신 불쑥 뭔가를 내밀었다.

"자, 받아."

"뭔데 이게?"

"초대장."

하나가 아닌지, 녀석은 라나사 외의 친구들에게도 하나하나 친절하게 봉투를 나눠 주었다.

이윽고 모두의 손에 서찰이 들렸다. 이곳으로 오는 동안 받았는지 퀸도 같은 걸 쥐고 있었다.

"어라? 이거 설마……?"

아직 뜯기 전이었지만, 고급스러운 봉투 재질과 굳은 밀랍에 새겨진 모양에서 촉이 왔다.

"황태자가 우리한테 보낸 거냐?"

"정답."

"뭐야, 그럼 이게 약혼식 초청장이라고?"

바율은 제외하곤 모두가 보통의 학생이었다. 물론 가문이나 가진 바 능력은 결코 평범함과는 거리가 멀었지만, 어쨌든 황태자가 직접 이렇게 초대할 만한 이유는 딱히 없다고 봐야 했다.

"읽어 보면 알겠지만, 우리 모두에게 축하받고 싶으시단다. 알게 모르게 도움을 많이 받았다나?"

"우리가 뭘 했었어?"

"그러게. 기억에 남을 만한 일은 별로 없는데."

3년 전 황태자를 암살자로부터 구한 건 바율이었고, 그런 녀석을 살린 건 퀸이었다. 둘에겐 분명 빚을 졌다고 말할 수 있겠지만, 다른 친구들은 아니었다.

"지금 그게 중요하냐? 일단 초대를 받았으니 베르가라에 갈지 말지를 따져야지."

"에이단, 넌 안 가려고?"

"난 무하가 가면 갈 거야."

"무하?"

에이단의 뚱딴지같은 답변에 일라이가 인상을 쓰자 녀석이 말했다.

"응. 방학 때 무하랑 붙어 지내면서 시험해 볼 것들이 몇 가지 있거든."

무하는 현재 바율의 캐링스턴 저택에서 지내는 중이었다. 학기가 끝나면 함께 해밀턴에 들렀다가 랑트로 이동할 생각이었다.

"그 말은, 바율과도 내내 같이 있겠다는 말로 들리는데?"

옆에 서 있던 퀸이 못마땅하다는 듯 저를 내려다보자 에이단은 어이없는 표정을 숨기지 않았다.

"그래, 그게 불만이냐? 내가 그러고 싶은 건데, 뭐. 왜, 그러려면 퀸 너한테 허락이라도 받아야 해?"

"에이단, 퀸은 그런 뜻으로 한 말이 아니라……."

"너도 그러고 싶으면 바율한테 말해 보든가. 별일도 아닌 걸로 괜히 또 트집이야."

바율이 퀸을 대신해 변명하는 걸 듣지도 않은 채 에이단이 휙 벤치로 가 앉았다. 그런 녀석의 뒷모습에 따라붙던 퀸의 시선이 뭐가 또 마음에 안 들었는지 미묘하게 일그러졌다.

바율과 일라이, 로건과 라나사, 그리고 에이단이 홀로 의자를 차지하고 있었다.

"너, 계속 그렇게 서 있을 거냐?"

"괜히 호수 가리지 말고 저리 가서 앉지 그래?"

잠시 황태자의 약혼식 얘기로 말들이 많았지만, 어쨌든 그들의 주목적은 휴식이었다. 중간고사가 끝난 게 엊그제 같은데, 어느새 기말고사가 코앞이었다. 본격적인 시험공부에 돌입하기 전에 꿀맛 같은 시간을 제대로 즐겨야만 했다.

"라이."

그런데 퀸이 비키지는 않고 돌연 일라이를 불렀다.

"그러고 보니 너, 아까 이사장님이 찾으시던데."

"아빠가 나를?"

"어."

"왜?"

"그건 나도 모르지."

퀸은 잠시 기다렸다가 덤덤한 말투로 말을 이었다.

"근데 조금 급해 보이셨어."

"무슨 일이지?"

급하다는 말에 일라이가 벌떡 일어났다.

"이사장실로 가면 돼?"

"아마도?"

"그래, 고맙다. 얘들아, 나 먼저 갈게. 좀 이따가 식당에서 봐."

서둘러 물의 정원을 벗어나는 일라이를 보고 있으려니 바율은 문득 걱정이 어렸다.

"갑자기 왜…… 혹시 드래곤 사회에 또 다른 문제가 터진 건 아니겠지?"

"거긴 이제 완전히 정리되었다고 하셨잖아."

"그건 아는데, 급한 일이 뭔가 해서……."

"퀸, 너한텐 별다른 말씀 없으셨어?"

"응, 없었어."

일라이가 가 버림으로써 바율의 옆자리가 비었다. 그곳에 냉큼 앉으며 퀸은 고개를 가로저었다.

"눈치는 어떠셨는데? 분위기로 대충 느껴졌을 거 아냐."

"전혀."

"흠, 별일 아니겠지?"

레드 일족에 반감을 가진 이들은 여전히 존재했지만, 개

중 감히 라예가르에게 반기를 들 만한 실력과 배포가 있는 무리는 없다고 들었다.

아직 헤츨링인 일라이가 성룡보다 강한 힘을 가졌다는 게 알려지면서 대부분의 드래곤들은 몸을 사리기에 급급해졌다고 했다.

라예가르는 벌써부터 차기 로드로 일라이를 거론하며 드래곤들을 압박하고 있었다. 그건 차후 일라이가 성룡이 되고 나서 결정될 일이겠지만, 아무튼 그때가 되면 일라이는 지금보다 훨씬 강해져 있을 것이다.

태고의 신물인 태양의 심장을 얻고 난 뒤로 녀석은 점점 더 강인해지고 있었다. 발전하는 속도가 거의 타의 추종을 불허할 정도였다.

"이제는 라이가 드래곤을 만나면 녀석이 아니라 상대를 염려해야 할 테니까."

"그런가?"

"아무 일 없을 테니 편히 쉬어."

퀸의 말을 듣고 보니 괜한 기우인 것 같기는 했다. 바율이 그제야 비로소 불안한 기색을 지우자 퀸의 입가에도 미소가 번졌다.

"갑자기 심각한 얘기 꺼내서 미안한데, 주신은 이대로 물러선 걸까?"

"글쎄……."

아직 태고의 신물을 다 얻지 못했기에 애써 떠올리지 않으려 하고 있었다. 아버지에게 망각의 지대의 일을 보고할 때도 부러 담대한 척 굴기도 했다.

하나 사실 걱정이 되는 마음은 어쩔 수 없었다. 그래서 요즘 바율은 틈만 나면 알레그리아와 머리를 맞대고 신물을 빼 올 방법에 대해 연구 중이었다.

"그 미친 주신이 설마 황도에 쳐들어오진 않겠지?"

"뭐?"

"아니야, 그냥 망상이야."

라나사는 제가 말해 놓고선 황급히 아니라며 손을 휘저었다. 괜한 소리로 친구들의 심기를 어지럽힌 것 같아 미안했던지, 그녀가 답지 않게 농담도 덧붙였다.

"그리고 우리 전부 한가락 하는 몸들이잖아? 정말로 그런 일이 생긴다면 물리치고도 남지. 안 그래?"

"암! 다 덤비라고 해. 아주 아작을 내 줄 테니까!"

라나사의 발언에 호기롭게 답한 건 에이단이 유일했다. 퀸과 로건은 무슨 생각들인지 얼굴에 표정이 없었다. 바율 역시 어색하게 웃을 뿐 아무런 대꾸도 하지 않았다.

바율은 템페스타가 하루빨리 정령왕이 되어서 정령계가 복원이 되고, 남은 신물 또한 서둘러 차지하길 간절히 바랐다.

가능한 한 모든 걸 완벽하게 갖추었을 시기에 주신을 상대하고 싶었기 때문이다. 세상일이 마음먹은 대로만 돌아가지는 않는다는 걸 이제는 너무나도 잘 알지만, 바율은 지는 해를 보며 속으로 부디 그렇게 되게 해 달라고 빌었다.

〈다음 권에 계속〉

Chapter 10.
특별 외전 : 마니토 게임

1.

캐링스턴 아카데미 기숙사가 평소보다 유난히 더 시끌벅적하니 요란스러웠다. 그도 그럴 것이, 오늘은 무려 크리스마스이브였기 때문이다.

사흘 전 긴 겨울 방학을 맞아 일찌감치 집으로 돌아간 학생들도 있었지만, 대다수는 이곳에 남아 이른 아침부터 부산을 떠는 중이었다.

"내가 이번에는 꼭 사고 만다!"

"반값 세일이라니, 다시 생각해 봐도 대박이다!"

"근데 이 정도면 진짜 거저 주는 거나 마찬가지 아니냐?"

"백화점에 가면 줄 선 인간들 엄청 많겠다. 그치?"

"헉! 이러고 있을 때가 아니야! 우리도 얼른 가자!"

그랬다. 방학을 기대하며 집에 가기만을 손꼽아 기다리던 아이들이 기숙사 생활을 며칠 더 견디기로 결심한 데에는 캐링스턴 백화점의 행사가 한몫했다.

레오네트 그룹의 창립일을 기념하는 의미에서, 모든 물건을 절반 가격으로 인하해 판매하겠다는 파격적인 공약을 내건 것이다.

그 행사 일의 시작이 바로 오늘이었다. 고가의 명품은 물론이고 레저 장비, 옷과 장신구, 심지어 식자재까지 전부 해당되었다.

연말이니만큼 대형 가수들을 초대해 공연도 진행될 예정이었다. 그건 소정의 티켓 값을 지불해야 했지만, 그래도 모든 수익금을 어려운 이웃에게 기부한다는 좋은 취지를 품고 있었다.

다들 한창 꾸미기 좋아하고, 연예인에 푹 빠져 있을 나이였다. 그래서인지 아직 9시가 채 되지도 않은 이른 시각임에도 기숙사는 어느덧 텅텅 비어 버렸다.

"하아암."

물론 그런 것에는 일절 관심이 없는 이도 분명히 존재했다. 어제 새롭게 시작한 드라마를 정주행하느라 늦게 잠들었던 바율은 늦은 오후가 되어서야 기지개를 켜며 겨우 일어났다.

"이제 깼어?"

방금 막 씻고 나왔는지, 퀸이 젖은 머리를 털며 침대로 다가왔다. 그런 퀸에게서 싱그러운 물 내음이 느껴져 바율은 괜스레 기분이 몰랑몰랑해졌다.

"몇 시야, 퀸? 너무 오래 잔 것 같은데."

"괜찮아. 저녁 파티 시간까지는 아직 한참 남았어."

"다른 애들은 백화점에 갔겠지?"

"응. 세일 한다니까 우르르 몰려갔지, 뭐."

퀸이 우습다는 듯 피식거렸다.

"대기업 사장의 아드님이 자기네 백화점에서 세일 상품을 사려고 달려간다는 게 말이 돼?"

에이단이 여태 근로 장학생인 것도 어이가 없거늘, 이럴 때마다 퀸은 진심으로 기가 찼다.

"아카데미 졸업 전까지는 아무런 지원도 안 해 준다고 하셨다잖아. 그러잖아도 쪼들리는데, 마니토 선물까지 사야 하니 많이 부담이 될 거야."

"형편대로 하면 되는 거 아니었어? 딱히 제약은 없던 걸로 아는데."

"그건 그렇지만, 녀석 성격에 분명 좋은 걸 해 주고 싶은 거겠지.”

바율과 친구들은 크리스마스를 나름대로 즐기기 위해 일주일 전쯤부터 마니토 게임을 하는 중이었다.

마니토란 비밀 친구란 뜻으로, 제비뽑기를 통해 선정된 상대방에게 자신의 정체를 숨기고 편지나 선물 등을 이용해 도움을 주는 가벼운 놀이였다.

누가 맨 처음 제안했었는지는 이제 기억도 나지 않지만, 어쨌든 그들은 각자의 방식으로 즐기고들 있었다.

“라나사는 좋겠군. 자기 마니토가 그렇게 신경 써 주니 말이야.”

“…퀸, 알고 있었어?”

바율의 두 눈이 동그래졌다. 한겨울에 이불 밖은 위험하다는 말을 몸소 실천 중이던 녀석이 허리를 일으켜 침대 헤드에 몸을 기댔다.

“티를 그렇게 내는데 어떻게 몰라.”

지난 며칠을 떠올리며 퀸이 말했다.

“식당에서 새우 요리가 나왔다며 직접 건져 주지를 않나, 필요한 전공 서적을 꼬박꼬박 사물함에 넣어 주기도 하고, 검술 훈련이 끝나면 물까지 갖다 바치더라. 난 무슨 라나사 비서로 취직이라도 한 줄 알았다.”

“나만 느낀 게 아니었구나…….”

기실 바율은 본인이 제법 눈치가 빠르다고 홀로 짐작했다. 한데 이제 보니 다들 알고 있었던 모양이다.

"그럼 혹시…… 퀸은 본인 마니토가 누군지 알아?"

"알지."

퀸이 입가를 실룩이며 바율을 마주 보았다. 잠시 서로의 눈을 응시하던 둘이 동시에 입을 열었다.

"라이."

"라이!"

"쿡쿡, 라이도 에이단만큼은 아니지만, 살짝 표가 나긴 했어."

"솔직히 살짝 정도가 아니지."

퀸은 녀석을 생각하며 고개를 절레절레 저었다.

"그거 알아? 오죽하면 난 걔가 크리스마스 선물로 뭘 줄 건지도 이미 알고 있어."

"정말? 어떻게?"

"그 녀석 SNS에 올라왔거든."

"그걸 올렸다고?"

"못 봤어? 아, 너 어제 드라마 본다고 정신없었지."

"응, 좀비 나오는 게 그렇게 재미있을 줄 몰랐다니까."

그동안 공포 영화는 무서워서 피하는 편이었는데, 주변에서 하도 보라고 성화를 부리는 바람에 가벼운 마음으로 틀었다가 홀딱 빠지고 말았다. 벌써부터 다음 시즌이 궁금해서 미칠 지경이었다.

"어디 보자. 뭘 샀으려나."

바율은 협탁 위에 놓여 있던 핸드폰에서 충전기를 급히 뽑고 SNS 앱을 켰다. 팔로우한 친구가 거의 없었기에 일라이의 계정은 금방 떴다.

"…헐."

언제나 본인 중심으로 셀카를 찍는 녀석이었다. 이번에도 여지없이 일라이의 얼굴이 중앙을 떡 차지하고 있었다.

하지만 평소와 달리 눈에 띄는 무언가가 있었으니. 턱을 괸 채 빙그레 웃고 있는 녀석의 팔꿈치 아래로 영롱하게 빛나는 붉은색 귀걸이가 한 쌍이 시야에 들어왔다. 포장하기 직전이라는 것을 일부러 드러내기라도 하듯 종이와 테이프까지 보였다.

"이게 진짜…… 퀸한테 줄 선물이라고?"

"사진 밑에 글 읽어 봐."

퀸의 무심한 말투에 바율은 급히 시선을 내렸다. 거기엔 짧은 인사 한마디가 간결하게 쓰여 있었다.

Merry Christmas!

"그냥 메리 크리스마스라고 하는데?"

"그 아래 해시태그."

"해시태그?"

SNS에 익숙하지 않은 탓에 발견이 늦었다. 해시태그를 본 바율이 머리를 긁적이며 어색한 미소를 지었다.

#선물 #내년엔부디성격좀고쳐라

"이제 감이 오지? 그 붉은 귀걸이가 누구 건지."

대놓고 선물이라고 적혀 있는 데다가 성격 얘기까지 나왔다. 일라이가 평소에 퀸에게 자주 하는 말이기도 했다.

"하하, 라이는 선물도 참 자기답다. 그치?"

바율은 본인이 잘못한 것도 아닌데 괜히 눈치가 보였다. 퀸에게 붉은색 귀걸이라니. 퀸은 원래 장신구를 즐겨 하지도 않을뿐더러, 옷이나 가방, 신발 같은 제품들도 전부 푸르거나 하얀 계통을 선호했다.

과연 퀸이 이걸 받으면 착용을 할까?

바율은 '절대 아니다'에 망설임 없이 한 표 던졌다.

"와, 근데 좋아요가 벌써 백만이 넘었어. 라이, 인기 진짜 많은가 봐."

일라이는 구독자 수가 무려 수백만 명에 달하는 인플루

언서였다. 평범한 학생일 뿐인 그가 SNS에서 이토록 관심을 받는 건, 잘생긴 얼굴 덕분이었다.

"얼굴 천재라고들 하잖아. 댓글 보면 아주 가관이야."

퀸이 그렇게 말하니 더 궁금해진다. 바율은 그간 한 번도 열어 본 적 없던 댓글 창을 눌렀다.

댓글 수는 좋아요 수에 비해 적었지만, 그래도 이미 오만을 훌쩍 뛰어넘었다. 아름다움에 대해 느끼는 바는 모두가 비슷한지, 언어도 다양했다. 이 정도면 웬만한 연예인을 훌쩍 뛰어넘는 인기였다.

"푸흡!"

무심코 쭉 훑던 바율은 저도 모르게 웃고 말았다.

─그거 알아요? 오빠 이목구비가 내 미래보다 뚜렷하다는 거.

─많이 아팠지? 천국에서 떨어졌을 때.

─나 5살인데 내 동년배 다 일라이 좋아한다.

─라이야, 기억나? 나랑 박물관에 물건 털러 갔다가 너가 조각인 척해서 나만 잡혀갔잖아.

─أحبك

─ㄴ(ㅇㅁㅇ)ㄱ 라이랑 혼인 신고하러 달려가는 중!

─오빠, 나는 당신을 사랑합니다. 그것을 증명할 수

있습니다.

　　―I love your lovely face! :)

　　―일라이 얼굴이 복지다.

　　―1가구 1라이 시급합니다.

안 그래도 비상식적으로 잘난 외모 때문에 지금도 연예
기획사에서 끊임없이 러브콜을 받는 녀석이었다. 절친한
바율도 가끔가다 일라이의 미모에 정신이 팔려 멍하게 바
라볼 때가 있을 정도였다.

"라이가 이걸 즐겨서 정말 다행이야."

제국의 살아 있는 전설이라 불리는 아버지를 둔 탓에 바
율은 어려서부터 의지와 무관하게 끊임없이 관심의 대상이
되어 왔다.

현재는 정령사란 사실까지 밝혀지는 바람에 매체마다 인
터뷰 요청이 줄을 이었고, 파파라치마저 붙었다.

물론 정령들 덕분에 그의 사생활이 대중에 노출된 적은
아직 단 한 번도 없지만, 만일 그런 일이 터진다면 바율은
불편해서 잠도 제대로 못 잘 것 같았다. SNS 계정을 만들
때 신중했던 이유도 그래서였다.

"그 녀석이야, 원래 제 잘난 맛에 사는 놈이니까."

"그런데 퀸은 미리 준비한 거야?"

"마니토 선물?"

"응, 어딜 나가는 걸 본 적이 없는 것 같아서."

"비욘한테 시켰어."

"아."

비욘은 퀸의 직속 비서였다. 하긴, 생각해 보면 인어국의 왕자인 퀸이 직접 선물을 사러 가는 것도 좀 그렇긴 했다. 퀸 역시 타고난 신분과 신비로운 외모 덕에 가십에 자주 오르내리는 편이었다.

"마니토 상대가 누군지 물어봐도 돼?"

"글쎄……."

바율의 질문에 퀸이 아리송한 표정을 지었다.

그저께던가. 퀸이 없을 때 바율은 친구들과 퀸의 마니토가 누구인지에 대해 제법 심도 있는 대화를 나누었었다.

아닌 게 아니라, 다들 조금씩은 티가 나는 법인데 퀸만 평소와 완전 똑같았기 때문이다.

"저 자식, 바율 뽑은 거 아니야?"

"그러게. 여전히 너한테만 다정하잖아."

진짜 나인가?

바율이 고개를 갸웃거릴 때였다.

카톡!

핸드폰에서 카카오톡 알림이 울렸다.

로건(로건) : 바율, 오늘 일기 예보 봤어? 눈 온대!
사대 정령 사랑해(바율) : 우아, 정말?

"퀸! 오늘 눈 내린대! 올해 첫눈이야!"

해밀턴에선 자주 보았지만, 캐링스턴에서는 지난 3년 동안 한 번도 본 적이 없었다.

"첫눈이 내릴 때 소원을 빌면 이뤄진다는 말이 있어. 우리, 오늘 소원 빌자!"

"그래."

눈 같은 건 본인이 얼마든지 내리게 할 수 있으면서도, 첫눈 소식에 아이처럼 기뻐하는 바율을 보고 있자니 퀸은 저도 모르게 웃음을 머금었다.

"퀸은 무슨 소원 빌 거야?"

"음, 글쎄."

"또 글쎄야?"

다시금 같은 말이 반복되자 바율이 너무하다는 듯 콧잔등을 찡그렸다.

"그럼 나도 말 안 해."

그러곤 휙 욕실로 향했다. 웬만해서는 볼 수 없는 바율의 토라진 모습에 퀸은 당황은커녕 오랜만에 소리 내어 웃었다.

2.

로건(로건) : 바율, 너 첫눈 보고 싶다고 했었잖아. 잘 됐다.

잉그리드 내 새끼(에이단) : 야, 로건. 첫눈은 내가 더 기다렸거든? 캐링스턴에서 눈 보기가 얼마나 어려운데!

로건(로건) : 아, 그랬어? 미안. 몰랐다.

박물관 조각상(일라이) : 왜 엄한 로건한테 성질이냐? 눈 보고 싶으면 바율한테 내려 달라고 하면 될걸.

미래의 만월 기사단(라나사) : 그러니까. 에이단, 너 욱하는 버릇 좀 고쳐. 로건 너도 그런 일로 일일이 사과하지 말고.

로건(로건) : 응, 누나.

잉그리드 내 새끼(에이단) : 넌 꼭 그럴 때만 누나라고 하더라?

박물관 조각상(일라이) : 자기편 들어 주니까 그렇지 ㅋㅋ

잉그리드 내 새끼(에이단) : 근데 라이, 너는 또 닉네임 바꿨냐? 박물관 조각상이 뭐냐?

박물관 조각상(일라이) : 누가 나보고 박물관 조각인 줄 알았대ㅋㅋ

잉그리드 내 새끼(에이단) : 누가 그런 미친 소리를 해? 우엑!

미래의 만월 기사단(라나사) : 라이 쟤 저러는 거 한두 번 보니? 그리고 잘생긴 건 사실이잖아.

로건(로건) : 그건 그렇지. 그나저나 바율이 말이 없네?

잉그리드 내 새끼(에이단) : 퀸, 넌 또 읽씹이냐?

박물관 조각상(일라이) : 바율 뭐 하는지나 좀 알려 주든가.

미래의 만월 기사단(라나사) : 파티 준비 중인 거 아닐까?

후계자(퀸) : 여태 난 한마디도 안 했는데 왜 다들 나보고 읽씹이래?

잉그리드 내 새끼(에이단) : 그걸 몰라서 묻냐?

박물관 조각상(일라이) : 그게 네 전공이잖아.

미래의 만월 기사단(라나사) : 바율이면 벌써 답했지.

후계자(퀸) : 씻는 중이야.

박물관 조각상(일라이) : 거 봐라. 우리도 얼른 마저 구경하고 가야겠다.

로건(로건) : 아직도 백화점이야?

미래의 만월 기사단(라나사) : 사람 많지 않아?

잉그리드 내 새끼(에이단) : 당연히 많지. 근데 아직 마음에 드는 걸 못 찾았어.

미래의 만월 기사단(라나사) : 고생이네.

잉그리드 내 새끼(에이단) : 그래도 늦지 않게 갈 테니까 너희 남매도 시간 맞춰서 와.

로건(로건) : 그래, 이따가 보자.

미래의 만월 기사단(라나사) : 오늘은 또 리타가 어떤 음식을 해 줄지 기대된다.

박물관 조각상(일라이) : 야, 퀸. 먼저 도착하면 마족 형제들 감시 좀 해라. 맨날 다 먹어 치우니 우리가 먹을 게 없어요.

후계자(퀸) : 봐서.

박물관 조각상(일라이) : 저게 끝까지! 내가 저를 위해서 얼마나 귀한 걸 준비했는데!

잉그리드 내 새끼(에이단) : 너 지금 대놓고 티 내냐?

박물관 조각상(일라이) : 아닌데? 다른 데다 보내려던 거 잘못 보냄.

미래의 만월 기사단(라나사) : 누가 누굴 지적하는지 모르겠네.

로건(로건) : 아무튼 다들 이따가 보자고.

"정신없는 녀석들."

핸드폰 화면을 끈 퀸은 관자놀이를 짚었다. 실제로 모여 있어도 귀가 따가울 만큼 시끄러운 놈들이었지만, 그건 채팅창이라고 별반 다르지 않았다. 아니, 중구난방으로 떠드는 통에 외려 정신이 더 없는 느낌이었다.

"얼른 본국으로 돌아가든가 해야지, 원."

작게 투덜거리던 그는 욕실을 힐긋거리며 책상 밑에서 무언가를 꺼내 들었다. 제법 묵직해 보이는 상자였다. 그것을 가방에 몰래 옮겨 담는 행위가 어째선지 꽤 조심스러웠다.

3.

크리스마스이브 파티는 캐링스턴에 있는 바율의 저택에서 행해졌다. 바율과 친구들, 그리고 리타와 마족 형제만이 참석하는 조촐한 규모였다. 연말에는 국가적인 행사가 많아 아쉽지만 란데르트 공작은 불참할 수밖에 없었다. 그건 다른 부모님들도 매한가지라서 각자 따로 인사를 드리기로

했다.

"자, 이제 배도 단단히 채웠으니까 선물 증정식을 열어 볼까?"

마족들은 여전히 식당을 차지하고 먹는 데에 집중하고 있었다. 성녀가 되고 나서 누구보다 바쁘게 지내던 리타는 연말이라는 핑계로 오랜만에 주방에서 실력을 마음껏 발휘하는 중이었다.

그게 다 바율을 제대로 먹이겠다는 각오 덕이었지만, 정작 덕분에 신이 난 건 마족 형제들이었다. 그들이 열심히 입과 손을 움직이며 친구들의 놀이를 지켜보았다.

"드디어 마니토의 정체가 드러나는 건가?"

에이단이 키득거리며 종이 가방에서 선물을 꺼냈다.

"야, 너는 이미 다 들켰어."

"…뭔 소리야?"

"네 마니토, 누군지 애들 다 안다고."

"내가 말한 적이 없는데 너희가 그걸 어떻게 알아?"

에이단은 정녕 어이없다는 표정이었다.

"줘. 뭔지나 보자."

그러던 녀석이 라나사가 제게 손을 내밀자 흠칫 어깨를 떨었다.

"…뭐야, 진짜 알고 있었어?"

"내가 눈칫밥을 좀 먹고 자랐니?"

라나사는 친구에 대한 최소한의 예의인지, 굳이 '네가 너무 티 나게 굴었다'는 말은 하지 않았다.

에이단은 거의 빼앗기다시피 상자를 넘겼다. 찌이익, 포장지를 뜯는 라나사의 손길에 거침이 없었다. 정성스럽게 포장한 종이가 아무렇게나 찢겨 나가자 에이단의 미간에 가는 실금이 그어졌다.

"응? 장갑이네."

털실로 짠, 한눈에 보기에도 매우 따뜻해 보이는 분홍색 털장갑이었다.

"예쁘다."

"진짜?"

"어."

라나사는 진심이었다. 그녀가 바로 장갑을 끼고는 손을 들어 이리저리 살폈다.

"겨울에 딱 어울리는 선물이야."

"헤헤, 그렇지?"

없는 돈을 긁어모아서 겨우 샀다. 핸드메이드라서 제법 가격이 나갔지만, 반값 세일 행사 덕분에 운 좋게 구입에 성공했다.

"고마워, 에이단. 잘 쓸게."

그렇게 본격적인 선물 교환식이 시작되었다. 바통을 이어 다음은 라나사 차례였다.

"바율, 네 마니토는 나였어."

"어, 정말? 긴가민가했었는데, 라나사 너였구나!"

라나사는 도서관에서 마주칠 때마다 두꺼운 책을 대신 들어 주는가 하면, 손수 필기한 노트를 빌려주기도 했다. 예전에는 그랬던 적이 없었기에 의아하긴 했지만, 친구 간에 충분히 할 수 있는 일이기도 해서 확신하지는 못했었다.

"선물 뜯어 봐."

"응."

라나사가 자신 있게 내민 선물은 고가의 게임기였다.

"공부하다가 머리 무거울 때 한번 해 봐. 스트레스가 확 날아가더라."

"역시 가진 자는 달라."

"돈은 라나사처럼 써야 한다니까. 얼마나 쓰는 맛이 나겠냐."

외가에서 위자료로 받은 어마어마한 거금과 그걸 기반으로 한 투자들이 모두 성공한 덕에 라나사는 어느 가십지에서 뽑은 어린 부자 열 명 안에 들기도 했다.

"나는 로건이야."

바율은 라나사에게 고맙다고 말한 뒤 등 뒤로 손을 뻗어 자그마한 상자 하나를 로건에게 건넸다. 제 마니토가 바율이란 사실을 들은 것만으로 로건의 입꼬리가 귀에 닿을 듯 올라갔다.

"이 자식 좋아하는 것 봐."

"퀸은 표정이 완전 썩었네, 썩었어."

"내가 뭘?"

바율이 제 마니토가 아니라는 건 진즉부터 알고 있었다. 퀸이 허튼소리 말라는 듯 일라이와 에이단을 쏘아보자 녀석들이 이마를 맞대고 킬킬거렸다.

"커프스 버튼?"

그사이 로건이 열어 본 상자에서 나온 건 금으로 된 커프스 버튼이었다.

"로건의 눈동자랑 색이 같아서. 잘 보면 거기 이니셜도 있어."

"그러네."

로건이 감격스러운 듯 한참을 커프스 버튼을 내려다보았다. 장신구에 별 관심이 없는 편이지만, 그런 그에게도 쏙 마음에 들었다.

"야, 감상은 그쯤하고 얼른 넘어가. 넌 누군데?"

"너."

"나?"

로건의 마니토 대상은 일라이였다. 녀석이 반색하며 재빨리 포장을 뜯었다. 선물의 크기며 포장지가 붉은색인 게, 꽤 괜찮은 물건이 들어 있을 것만 같은 예감이었다.

하지만 그 기대는 얼마 가지 못했다.

"뭐냐, 이게?"

"모자잖아."

"그것도 빨간 모자."

로건이 준비한 건 붉은 털실로 짠 비니였다. 정말 아무런 문양도 없는 온전히 붉기만 한.

"야, 내가 무슨 빨간색이면 다 좋아하는 줄 알아? 이건 디자인이 너무 구리잖아!"

"그래? 난 되게 오래 고민해서 산 건데."

"맞아. 나한테 물어보기까지 했어."

라나사가 편을 들어 주자 로건이 진정 그렇다는 듯 고개를 크게 주억였다.

"라이, 너는 어떤 패션 아이템도 다 소화할 수 있다고 하지 않았어?"

"네가 걸치면 다 명품이라며."

"…그야 그렇지."

"그럼 써 봐 봐."

뱉은 말이 있기에 일라이는 하는 수 없이 비니를 뒤집어썼다. 아무리 패션을 모른다지만 어떻게 이런 걸 사 올 수 있는지 기막혀 하면서.

그런데 의외로 친구들의 반응이 나쁘지 않았다.

"오! 역시는 역시네."

"패션의 완성은 얼굴이라더니. 쩝."

"라이, 그대로 찍어서 네 SNS에 올려라. 완전 잘 어울린다!"

"…그래?"

이어지는 칭찬에 녀석의 눈매가 휘었다.

"선물부터 주고 찍지, 뭐."

그러곤 일라이가 퀸에게 상자를 내밀었다.

"귀걸이지?"

"…어떻게 알았냐?"

"너, 그 정도면 SNS 중독이야."

퀸은 받은 걸 풀어 보지도 않고 바로 에이단에게 선물을 건넸다. 친구 중 남은 건 퀸뿐이었기에 녀석은 조금 전부터 궁금해서 몸이 달아 있었다.

"난 뭐냐? 되게 기대된다! 과연 인어국의 왕자님께선 무얼 주실까나?"

잔뜩 고대하던 에이단의 얼굴은 포장을 뜯은 순간 금세 차갑게 식었다.

"…현금이냐?"

"뭐야, 성의 없게."

"퀸, 이런 좀 아니지."

친구들의 타박에 잠시 눈을 깜박이던 퀸이 물었다.

"마니토가 해야 할 일이 뭐지? 비밀 친구로서 상대가 뭐가 필요한지 파악하고 돕는 거잖아."

"그러니까…… 에이단에겐 현금이 필요하다?"

"어."

당당한 퀸의 대꾸에 친구들은 일순 말문이 막혔다. 아주 틀린 말도 아니어서 뭐라 반박할 수는 없는데, 이상하게 기분은 묘하게 안 좋았다.

"어? 눈이다!"

그때 데스가 창밖을 보며 소리쳤다.

"눈이요? 눈 내려요?"

주방에서 리타가 국자를 든 채로 튀어나왔다. 바율과 친구들도 누가 먼저랄 것 없이 헐레벌떡 일어나 창가로 달려갔다. 정말로 하늘에서 함박눈이 펑펑 쏟아지고 있었다.

"오, 일기 예보가 맞았네."

"첫눈이야."

"소원 빌어야 해요! 첫눈이 내릴 때 소원을 빌면 이뤄진다고 했거든요!"

리타가 발을 동동 구르며 다급히 눈을 감고 소원을 빌었다. 그에 덩달아 친구들도 손을 모으며 기도했다.

"바율."

기도가 끝나 갈 즈음, 퀸이 바율에게 상자 하나를 건넸다.

"이게 뭐야, 퀸?"

"크리스마스 선물."

"나한테도 주는 거야? 마니토도 아닌데?"

"대신 넌 내 룸메이트잖아."

"난 준비한 게 없는데……."

마니토에게만 신경을 쓰느라 퀸의 선물까지는 미처 챙기지 못했다. 그에 바율이 미안한 표정을 짓자 퀸이 고개를 숙이며 나지막이 말했다.

"메리 크리스마스."

"고마워, 퀸."

그러나 훈훈한 분위기가 깨지는 데는 채 몇 초도 걸리지 않았다.

"이 자식 봐라? 우리 건 없고, 바율 것만 있네?"

"너희가 내 룸메이트냐?"

"호, 뚫린 입이라 그거지?"

"심지어 내 거보다 좋은 거야. 저 브랜드, 엄청 비싼 데거든."

에이단이 상자에 표시된 로고 명을 보곤 두 눈을 희번덕 거렸다.

"그렇단 말이지."

"좋았어."

일라이와 에이단이 빠르게 눈빛 교환을 했다. 바율이 불안감을 감지한 그 순간, 녀석들이 퀸의 양팔을 붙들곤 그대로 밖으로 끌고 나갔다.

"너 어디 오늘 맛 좀 봐라!"

"이 형님들께 잘못했다고 싹싹 빌 때까지 안 놓아줄 테니, 각오해야 할걸?"

미처 말릴 틈도 없이 눈 뭉치가 사정없이 퀸에게로 날아갔다. 로건과 라나사도 어느새 그에 동조해서는 퀸을 향해 맹공격을 퍼부었다.

"이것들이 단체로 미쳤나!"

맥없이 끌려 나온 퀸은 처음엔 뭣 모르고 당했지만, 금세 이성을 되찾았다.

눈은 물을 기반으로 하는 얼음의 결정체다. 곧 그의 머리 위로 수십 개의 눈 뭉치가 생겨났다. 그것들은 이내 네 친구를 향해 빠르게 날아갔다.

퍽! 퍽!

"저게 진짜 해보자는 건가?"

자연스럽게 사 대 일의 눈싸움이 개막되었다. 퀸을 돕기 위해 나서려던 바율은 문득 걸음을 멈추고 핸드폰을 꺼내 들었다. 친구들과의 소중한 시간을 동영상으로 남겨 두고 싶었기 때문이다.

격한 타격음과 까르르 웃는 소리가 기분 좋게 어우러졌다. 퀸의 말처럼 즐거운 크리스마스의 시작이었다.

〈외전 끝〉